# 중학생활 대작전 D-1

권희린 지음

# 중학생활 대작전 D-1

개학식부터 종업식까지,
학교생활 완전 정복!

우리학교

# 차례

## 1부 두근두근 1학기

## 2부 으라차차 2학기

한라산을 오르는 등산로는 7개가 있어. 정상인 백록담까지 올라가는 코스는 성판악과 관음사 코스 2개이고, 나머지는 코스마다 소요 시간과 거리가 달라. 가볍게 30분쯤 걷는 어승생악 코스가 있는가 하면, 2시간 30분 정도를 걸으며 윗세오름까지 들르고 내려오는 영실 코스도 있지.

우리는 한라산에 오르기 전에 이 중에서 나에게 맞는 코스를 고르게 돼. 체력이 약하다면 조금 가볍게 걸으며 한라산을 느낄 수 있는 트래킹 코스를, 지구력 하나는 끝내준다면 남들에게는 조금 버거울 것 같은 고난이도 코스를. 똑같은 산을 오른다 해도 똑같은 길을 걷는 것이 아니라 자신에게 맞는 서로 다른 코스를 선택하게 된다는 점, 그에 따라 만나는 풍경이 다르다는 점이 사람마다 차이 날 수 있겠지만 공통점이 있어. 결국에는 산 정상 또는 그 언저리에서 만나게 된다는 것.

나는 우리의 중학교 생활이 이 한라산 등반과 비슷하다는 생각이 들어. 초등학생 딱지를 떼고 중학생이 되어 새 학기를 맞이하면 산에 오르기 전과 마찬가지로 설렘도 있지만 잘 해낼 수 있을까 하는 불안감도 조금씩 들겠지. 그리고 학교생활에서 마주치는 다양한 행사 앞에서 내가 어떻게 대응해야 할지, 어떤 길로 나아가야 할지, 어떤 마음가짐으로 그런 시간들을 맞이해야 할지, 복잡 미묘한 마음을 다스리는 법에 대한 고민이 생길 수도 있을 거야. 그렇지만 그런 설렘과 두려움의 감정은 누구나 느끼는 것이니 걱정할 필요는 없어.

다만 다양한 행사 앞에서 내가 어떤 마음으로, 어떤 방식으로 삶을 가꾸어 나갈지 진지하게 고민할 필요가 있지. 그래서 너희들을 위해 준비했어. 중학교 생활을 좀 더 즐겁고 건강하게 가꾸어 나갈 중학생활 레시피.

이 책은 네가 중학교 생활 중 변화의 바다에서 허우적거릴 때 너에게 손을 내밀어 줄 거야. 설렘이 가득한 새 학기를 맞이할 수 있게끔, 괴롭고 따분한 일상도 긍정적인 마인드로 이겨

낼 수 있게끔 말이야. 그러니 조금 늦는 것, 시행착오 따위에 흔들리지 말고 우리의 일상을 향해 달려가자.

산에 오를 때도 코스마다 아무 사고 없이 빠르게 오르는 친구가 있는가 하면 힘들거나 지쳐 중간에 쉬면서 지체하는 친구도 있지. 그렇지만 결국 우리는 '즐거운 학교생활'이라는 정상에서 만나게 될 거야. 우리, 긍정적인 마음으로 이번 1년도 잘 가꾸어 보자. 건투를 빈다.

1부

# 두근두근 1학기

개학 D-1

# 나에게로 와서 꽃이 된 친구

개학식은 새로운 출발이라는 느낌 때문인지 늘 설레고 활기찬 느낌이야. 어떤 친구들을 만날지, 어떤 선생님과 1년간의 생활을 함께할지 걱정이 되면서도 뭔가 재미있는 일이 일어날 것만 같은 새로운 기대감이 들기도 하지.

사실 나는 그런 이유들은 둘째 치고, 개학식 전날 아빠와 함께 교과서 겉표지를 싸는 시간이 하도 좋아서 개학이 기다려졌어. 그게 뭐냐고? 학교에서 새 학년 교과서를 받아서 집에 가져오잖아. 그러면 개학식 전날에 가족끼리 앉아서 교과서 표지를 싸곤 했거든. 워낙 우리가 책을 험하게 다루니까. 그래서 책장이 너덜너덜 찢어지지 않게, 표지 날아가서 어디 처박혀 있는 불상사를 막기 위해 아빠가 미리미리 책에 옷을 입혀 주신 거지. 예쁜 무늬의 포장지로 싸 주시기도 하고 투명한 비닐로 싸 주시기도 했어.

나는 포장지로 싸 놓은 예쁜 겉표지의 교과서보다 아빠와 함께 새 학기 이야기를 나누고 교과목마다 얽힌 아빠의 학창 시절 이야기 듣는 게 좋았어. 아마도 그런 시간이 소중했기에 개학식이 더 기다려졌던 것 같아.

근데 막상 그렇게 기다리던 개학식 당일에 내가 어땠게? 나는 운도 참 지지리 없지. 평소 친하게 지낸 친구들과 같은 반 된 적이 단 한 번도 없었어. 반에 아는 친구들은 없지, 새로운 교실에 적응은 안 되고 낯설지, 그러니 표정이 좋을 리가 있었겠어? 굳은 표정까지는 아니더라도 무표정으로 자리에 앉아 있었지. 그러면 나에게 와서 말 거는 친구가 한 명도 없었고. 사실 나는 겉으로 보이는 이미지와는 달리 입만 열었다 하면 분위기를 확 살리는 수다쟁이 성향이 강한 편이야. 그런데 소심한 A형이어서 그랬는지 처음 보는 옆 친구에게 말 걸기가 조금 쑥스럽기도 하고 친구가 먼저 말을 걸어 주기를 바라다 보니 어색한 침묵이 꽤 오랫동안 이어지게 되었어.

가장 싫은 건 개학식 날 점심시간. 평소 같으면 오전 수업 시간 내내 4교시만 기다리잖아. 오늘 교과서에서 배울 내용 예습은 안 해도 급식표를 보며 오늘 메뉴는 반드시 예습(?)하고, 친구들에게까지 모두 가르쳐 주는 미덕을 발휘하지. 4교시 끝나는 종만 쳐 봐. 그 어떤 때보다 민첩한 움직임과 체력검사 때나 나올 만한 100미터 기록으로 식당까지 달려가잖아. 그러면서 친구들과 어제 텔레비전 드라마 얘기, 엑소 오빠들 얘기 하면서 입을 다물 줄 모르고 수다를 떨잖아.

그런데 새 학기가 되니 어느 친구들과 함께 밥을 먹어야 할지 난감하기만 한 거야. 주위를 둘러보니 삼삼오오 모여 있는데 다들 친한 것처럼 보이고 나만 소외당한 느낌이더라고. 혼자 밥 먹는 건 상상도 하기 싫었어. 괜히 자존심이 상하더라. 거기에다 선생님을 향한 원망까지. '왜 선생님은 친한 친구들과 같은 반으로 배정해 주지 않으신 거야.' 하고.

바로 그때였어. 나를 구원해 줄 천사 같은 목소리가 들렸지.

"디디야, 우리 점심 같이 먹을래?"

나는 평소에는 활발하고 왕 수다쟁이지만 아는 사람이 없는 곳, 믿는 구석이 없는 곳에서는 꿀 먹은 벙어리가 되어 버려. 자신감 게이지가 0으로 떨어지는 거지. 근데 그 친구가 이름을 불러 주자 나는 새롭게 태어난 거야. 김춘수의 시 「꽃」에 나오는 한 구절처럼 말이야.

내가 그의 이름을 불러 주기 전에는
그는 다만 하나의 몸짓에 지나지 않았다.

내가 그의 이름을 불러 주었을 때
그는 나에게로 와서 꽃이 되었다.

그 친구가 내 이름을 불러 주기 전까지만 해도 나는 다만 꿀벙어리 쫄보에 지나지 않았는데, 그 친구가 내 이름을 불러 주었을 때 나는 그 친구에게로 가서 한 송이 꽃으로 다시 피어난 거지. 정말 그날 그 친구가 아니었다면 나는 세상에서 가장 최악의 우울한 개학, 아니 점심시간을 맞이했을 거야.

그런데 그날 그 친구가 나에게 그러더라. 자기도 부끄럽고 쑥스러웠지만 친해지고 싶어 먼저 말을 걸었다고. 결국 모두 똑같은 생각을 하고 있었던 거야. 용기 있는 친구 덕분에 나는 새 친구를 얻었고, 낯선 친구에게 먼저 말을 걸 수 있는 용기, 말을 걸어도 된다는 믿음을 얻었지.

태어날 때부터 초절정 사교성을 타고나는 부러운 친구들도 있지만 대부분은 처음 만나는 친구들에다 낯선 교실이니 쭈뼛거리는 게 당연해. 그리고 모두들 누군가가 자기 이름을 불러 주어 꽃이 되길 바라고 있는 거야. 그러니 개학식 날 새로운 친구들을 만나면 쑥스러움 같은 건 잠시 집어넣고 평소보다 좀 더 웃으면서 친구들에게 먼저 다가가는 건 어떨까? 사실 처음이 힘들지, 자꾸 하다 보면 낯선 친구에게 말 거는 일 따위는 아무렇지도 않게 돼. 그리고 어떤 타이밍에 친구에게 말을 걸어야 할지, 어떤 말을 하면서 대화의 포문을 열어 볼지 결정적인 노하우가 하나씩 만들어질 거야. 특히 좋아하는 연예인 얘기로 시작하면 가장 매끄럽게 대화가 지속되지.

'내가 먼저 말을 걸면 나를 좀 이상하게 생각하지 않을까?' 이렇게 걱정할지도 모르겠지만 모두가 어색한 상황에서는 먼저 말을 걸어 주면 더 고마워하더라. 서로 똑같은 마음이니까. 친해지고 싶긴 한데 말 걸기가 왠지 좀 부끄럽고 그런 거. 괜히 평소에는 풀지도 않던 수학 문제 푸는 척하면서 책상에 얼굴 박고 있지 말고 내 자리 앞뒤 친구들에게 비슷한 관심사로 다가가는 것도 좋을 거야. 그리고 첫인상이 가장 중요한 거 알지? 사람을 처음 만날 때 상대방을 판단하게 되는 기준은 내면의 모습이 아니라 5초 동안 보이는 외모야. 그러니 예쁜 모습은 이미 글렀더라도 좀 더 호감 가는 모습으로 접근하는 것이 좋아.

새 학기뿐만 아니라 학교생활을 좀 더 즐겁고 활기차게 해낼 수 있는 비법의 절반은 바로 표현이라는 생각이 들어. 학교는 우리가 어른이 되기 전에 먼저 만나는 작은 사회이기도 하잖아. 새로운 친구들을 만났을 때 그 상황을 피하고 겁내기보다는 서로 다가갈 수 있는 연습을 하는 것, 그리고 그 마음을 그대로 표현하고 서로 즐겁게 소통하는 것. 이것이야말로 새 필기도구, 새 신발보다도 미리 준비하고 연습해야 할 학교생활의 필수 기술이 아닐까?

D-day를 위한 꿀팁

# 도서관 놀러 가기

개학식이 있는 3월은 영어로 March야. 로마 신화에 나오는 전쟁의 신 'Mars'에서 그 단어가 만들어졌는데, 대개 전쟁을 3월인 봄에 시작했기 때문에 그렇게 이름을 붙였다고 해. 그런데 곰곰이 생각해 보니 우리에게도 딱 맞아. 우리는 새 학기를 맞이해서 또 다른 학습의 전쟁을 시작하는 셈이잖아.

그런데 전쟁이 계속되면 누구나 지치고 포기하게 돼. 전쟁에서 가장 중요한 것은 휴식이거든. 제대로 된 쉼이 이루어지면 다시 전쟁을 치를 힘이 생기지. 그래서 나는 3월을 시작하기 전에 전쟁터로 나가기 전날처럼 아무 생각 없이 푹~ 쉴 수 있는 시간을 마련했으면 좋겠어. 바로 도서관에 놀러 가는 거야.

도서관에서 웬 휴식이냐고? 도서관이 꼭 공부만 하는 곳은 아니잖아. 꼭 책을 읽어야만 하는 곳이 아니거든. 학교에서처럼 우리를 감독하는 사람도 없고, 책을 몇 권 읽어야 한다며 강요하는 사람도 없어. 책을 읽고 싶으면 읽고, 그냥 소파에서 축 늘어져 있고 싶으면 늘어져 있어도 되는 거야. 관심 있는 분야의 잡지를 펴 놓고 봐도 좋고 구내식당에서 싸고 맛있는 밥을 먹어도 좋아. 새로운 출발을 앞두고 가볍게 읽고 싶은 책들을 쌓아 놓고 읽는 것도 매력적이고. DVD를 빌려 이어폰을 끼고 나만의 작은 공간에서 영화 감상을 해도 좋아. 그렇게 하면서 내 몸과 마음을 평화롭게 쉬게 해 주는 거지.

그리고 대부분의 도서관에는 산책로가 있어. 바람을 쐬고 싶으면 잘 정돈된 정원에서 산책을 하는 거야. 굳이 멀리 교외로 가지 않아도 가까이에서 자연을 만날 수 있다는 것은 큰 축복이야. 게다가 이렇게 마음을 비운 채 잠시 산책하면서 호흡을 하면 몸도 마음도 깨끗해지는 기분이 들어. 단 몇 분의 휴식인데도 진짜 휴식이 되더라. 확실히 기분 전환이 되더라고.

무엇을 해도 좋은 도서관에서 어느 누구의 간섭 없이 무엇이든 쉽게 할 수 있는 자유를 얻어 보기를. 그리고 그 자유가 너의 한 해를 좀 더 반짝반짝 만들 수 있는 원동력이 되기를 바랄게!

# 달밤 체조

1년, 기나길 텐데 우리 힘 빼고 천천히 시작해 보자.
몸과 마음을 편하게 만들어 줄 체조 동작을 알려 줄게.

① 등 뒤로 팔을 잡아당기면서 목을 쭉 늘여 주기.

② 등 뒤로 팔이 세로 일직선이 되도록 손 맞잡기. 양쪽 번갈아서 하면 어깨 근육에 더욱 도움이 돼.

③ 고개를 반대로 향하며 팔을 늘여 주기. 목과 어깨 스트레칭에 좋아.

④ 깍지 끼고 손 뒤로 뻗기. 팔꿈치를 완전히 펴 주는 게 중요해.

학급 임원선거 D-1

# 내 순서는 왜 그녀의 뒤였을까?

중학교 각 학년 임원선거를 앞둔 어느 날이었어. 나는 친구들 앞에서 어떤 말을 할까 계속 고민하며 연습장에 끼적이고 있었지. 머리를 아무리 이리 굴리고 저리 굴려도 계속 제자리걸음. 결국 지우고 다시 쓰던 가운데 이런 연설문이 나왔어.

"안녕하세요? 저는 이번 반장 선거에 출마한 디디입니다. 이렇게 이 자리에 서 있는 것만으로도 많이 영광스럽습니다.(뭐냐, 이건 학급 반장선거라고……) 저는 잘하는 것은 없지만 우리 반을 위해 열심히 일할 준비가 되어 있습니다. 만약 제가 반장이 된다면 즐거운 반, 활기찬 반을 만들기 위해 열심히 노력하겠습니다. 그리고 저는 별이 밝게 빛날 수 있도록 도와주는 검은 밤하늘이 되겠습니다. 여러분은 제 위에서 밝게 빛나는 별이 되어 주세요. (무난하게 가자, 제발. 이건 너무 오글거려!) 뽑아 주시면 제 땀이 흘러넘쳐 운동장이 땀으로 물바다가 될 때까지 열심히……. (오버하지 마, 제발) 소중한 한 표 부탁드립니다."

임원선거 날이 되었어. 나는 이 임펙트도 없고 뭔가 지루한 것 같고 평범하기 그지없는 연설문으로 쭈뼛쭈뼛 서서 국어책 읽듯 말하고 있었지. 그러다 보니 내가 어떻게? 왜? 무엇 때문에? 임원선거에 나온 것인가에 대한 의문이 계속 머릿속을 강타하더라. 뭔가 확 이목을 끌 만한 말을 하고 싶었는데, 솔직히 "여러분은 제 위에서 밝게 빛나는 별이 되어 주세요."라는 말은 도저히 입 밖으로 나오지를 않았어. 뭔가 나만의 비장의 무기가 없는 것 같다 보니 주눅이 들기도 했고.

내 다음 후보는 라라였어. 친구들 앞에서 말도 잘하고 유머러스해서 인기 만점인 아이였지. 역시 라라는 달라도 뭐가 달랐어. 당당한 걸음걸이로 앞에 나오더니 또랑또랑한 목소리로 이렇게 말하는 거야.

안녕하세요?

○○중학교 홈쇼핑에 오신 것을 환영합니다.

오늘 소개해 드릴 상품은 '라라'라는 물건인데요. 단 한 번뿐인 찬스, 파격가로 여러분께 인사드리고 있습니다.

라라는 늘 웃음이 있는 반 분위기를 조성하기 위해 노력할 거고, 반장으로서 궂은일도 늘 앞장서서 할 것입니다.

지켜보시면 알겠지만, 말보다 행동으로 먼저 보여 주는 상품이에요. 아마 보면 볼수록 매력이 통통 넘칠 겁니다.

구입을 원하시는 분은 책상 앞에 놓인 투표용지에 상품 이름 '라라'를 써 주시면 됩니다.

지금 콜이 올라가고 있어요. 금방 매진될 것 같아요.

저는 여기까지 하고 인사드리겠습니다.

좋은 선택 부탁드려요.

친구들은 모두 주목했고, 재치 있는 연설이 끝나자마자 박수가 쏟아졌지. 순간 드는 생각? '아, 떨어지겠다.'보다 '아, 왜 하필 내 뒤가 라라야?'였어. 라라는 자기가 가장 잘할 수 있는 방법을 택해서 친구들 앞에 섰어. 그러니 당연히 자신감 넘쳤겠지. 게다가 요즘 트렌드까지 반영했어. 틀에 박힌 연설문도 아

단 한 번뿐인 찬스, 놓치지 않
으실 거죠?
좋은 선택 부탁드려요.
내... 내가
졌다...!!

니야. 진부하지도 않고 지루하지도 않았지. 가장 잘할 수 있는 방법으로 엄청난 센스를 발휘해서 친구들에게 자신을 반장으로 뽑아 달라고 한 거였고. 그러니 결과는 솔직히 누가 봐도 당연했어. 라라는 많은 표를 얻어 반장이 됐지. 나는 사람들 앞에서 어떤 이야기를 꺼낼 때는 틀에 박힌 것보다 좀 더 특별하고 재미있고 신선한 것이 좋다는 깨달음을 얻었고.

연설이라는 게 거창한 단어로 포장돼서 그럴 뿐, 사실 우리는 살아가면서 남들 앞에서 말할 기회가 정말 많잖아. 그래서 지금부터라도 남들 앞에서 내 의견을 이야기하는 연습이 필요하다는 생각이 들어. 이야기를 시작할 때는 무엇보다도 듣는 사람들의 눈과 귀를 잡아 끌 수 있게 해야 하고, 연설이 길어질 때는 중간에 자신의 주장을 한 문장으로 정리하는 것도 중요해. 주장이 여러 가지라면 숫자를 이용하는 것도 좋지. 그리고 이해하기 쉽고 정확한 단어를 골라 써야 해. 무작정 어려운 말을 쓴다고 "우아!" 그러지는 않거든. 그리고 가장 중요한 것은 자신감을 갖고 큰 소리로 말하는 것. 나의 떨림은 듣는 사람들도 다 눈치채기 마련이야.

임원선거에서 홈쇼핑 광고를 벤치마킹해 자신을 홍보하던 라라를 보고 난 뒤, 나는 남들 앞에서 이야기를 할 때 자기가 가장 잘할 수 있는 방식으로 이야기를 전개해 나가는 것이 중요하다는 생각을 했어. 그리고 남들 앞에서 "나 이거 하나는 잘해."라고 보여 줄 수 있는 특기 하나쯤은 필요하다는 것도. 라라처럼 평소에 유머러스하게 말하는 특기를 살려 홈쇼핑 콩트를 하는 것도 아주 좋았잖아. 악기를 연주하면서 듣는 사람들의 관심을 끌고 분위기를 잡아 가는 것도 좋고. 춤을 잘 추거나 노래를 잘한다면 그런 것들을 하면서 나의 자신감과 열정을 보여 줄 수도 있어. 임원선거랑 상관이 없다고? 왜? 나는 초등학생 때 임원선거에서 연설하기 전에 멋지게 노래 한 곡을 뽑아내는 친구를 보면서, 저런 친구와 함께라면 한 학기 생활이 참 재미있겠다는 생각에 내 귀중한 한 표를 행사한 적도 있지.

뭐가 됐든 잘하는 것이 있다면 다 그 상황에 맞춰서 내 이야기에 힘을 실어 줄 수 있다고 생각해. 그러니까 지금이라도 남들 앞에서 보여 줄 만한 콘텐츠를 개발하면 어떨까. 비장의 무기처럼 딱! 꺼내서 사람들에게 보여 주고 내 감성과 이야기를 잘 버무려 줄 수 있는 그런 콘텐츠 말이야. 남들과 똑같은 거 말고, 좀 특별하고 남들이 따라 하기 힘든 분야라면 더 좋겠지?

# 시 외우기

중학교 3학년 때였어. 국어 시간에 한 편의 시를 읽게 되었지. 바로 황동규의 「즐거운 편지」였어.

> 내 그대를 생각함은 항상 그대가 앉아 있는 배경에서 해가 지고 바람이 부는 일처럼 사소한 일일 것이나 언젠가 그대가 한없이 괴로움 속을 헤매일 때에 오랫동안 전해 오던 그 사소함으로 그대를 불러 보리라.

마침 짝사랑을 하고 있을 무렵이어서 그랬는지 모르겠지만 시가 내 가슴에 들어온 것은 그때가 처음이었어. 심장에 번쩍, 불꽃이 튀더라. 시는 유치하고 오글거리는 건 줄만 알았는데 그렇지 않았어. 그래서 그때부터 국어 시간에 가장 좋아한 것은 시를 읽는 시간이었지. 시어를 하나하나 곱씹다 보면 내 안에 숨겨진 감수성이 마구 튀어나오고 마음이 아름다워지는 것만 같았어. 그래서 자꾸 읽다 보니 외우게 되고, 남들 앞에서 툭하면 시를 낭송하는 조금은 특이한(?) 학생이었지.

시를 외우니까 참 써먹을 데가 많아. 우선 사람들 앞에서 이야기를 꺼낼 때 말문을 열기가 쉬워. 그 모습이 조금 신기하니까 모두 집중하거든. 아무 시나 낭송하는 게 아니라 그 상황에 걸맞은 시를 낭독하면서 내 메시지를 좀 더 효율적으로 전달하기가 쉽지.

예를 들면 임원선거에서 김춘수의 「꽃」을 낭송하면서 “제 이름을 불러 주세요. 여러분 앞에서 꽃이 되겠습니다.”라고 한 표 요청할 수 있을 테고. 이런저런 일로 마음이 힘든 날에는 정호승의 「내가 사랑하는 사람」을 읽으며 위로받을 수도 있어. 좋아하는 친구에게 고백할 때 「즐거운 편지」 같은 시를 편지에 쓰면 아주 로맨틱하지. 지난 추석 때 문재인 대통령은 국민들에게 보내는 명절 인사에서 이해인의 「달빛 기도」를 인용하기도 했어. 정 쓸데가 없는 듯하면 문구점 가서 펜이 잘 나오나 써 볼 때, 다른 사람은 메롱 이런 거 써도 나는 시 한 편 짤막하게 써 보는 거지.

시 한 편 외우는 데는 그리 많은 시간이 들지 않는다는 것도 아주 좋아. 보통 남들 앞에서 뭔가를 보여 주려면 악기 같은 경우는 적어도 두세 달은 연습해야 해. 콩트 같은 건 연습도 필요하지만 끼가 가장 우선되지. 그런데 시는 어때? 재능이 없어도 되고 외우는 데 시간이 오래 걸리지도 않아. 그리고 시를 읽어 본 사람은 알 거야. 굳이 외우려고 애쓰지 않아도 한 번 읽고 두 번 읽고 반복하다 보면 저절로 외워진다는 것을.

마지막으로, 특별해. 혼자 시를 외우는 그 시간도 특별하고 남들 앞에서 시를 낭송하는 순간도 특별하지. 그러다 보니 기분 전환이 되더라. 우리가 늘 경험하는 감정은 아니잖아. 새로운 기분을 맞이하는 데 최고야.

내일 임원선거를 앞두고 있다면 시를 한 편 외워 보는 거야. 아름다운 시어들을 하나씩 새겨 가면서 떨리는 마음도 가라앉힐 수 있고, 또 조금 특별한 느낌을 자아내니까 친구들의 주목을 받을 수 있지. 내 연설에 힘이 될 수 있는 시를 상황에 알맞게 뽑는 게 중요해.

나는 학업이라는 시련 속에 지내고 있는 반 친구들에게 공감과 위로의 뜻을 전하면서, 그런 조건에서도 좀 더 활기차고 즐거운 학급을 만들기 위해 노력하는 임원이 되겠다는 의미를 내비치며 이 시를 한번 외워 보려고 해. 오늘 외울 시는 바로 도종환의 「흔들리며 피는 꽃」.

흔들리며 피는 꽃

도종환

흔들리지 않고 피는 꽃이 어디 있으랴
이 세상 그 어떤 아름다운 꽃들도
다 흔들리며 피었나니
흔들리면서 줄기를 곧게 세웠나니
흔들리지 않고 가는 사랑 어디 있으랴

젖지 않고 피는 꽃이 어디 있으랴
이 세상 그 어떤 빛나는 꽃들도
다 젖으며 젖으며 피었나니
바람과 비에 젖으며 꽃잎 따뜻하게 피웠나니
젖지 않고 가는 삶이 어디 있으랴

시에 흠뻑 빠져드는 밤…….

오늘은 느긋하고 여유롭게 숨쉬기 운동으로 하루 마무리를! 내일 선거 결과가 어떻든 겸허히 받아들이겠다는 마음으로 말이지.

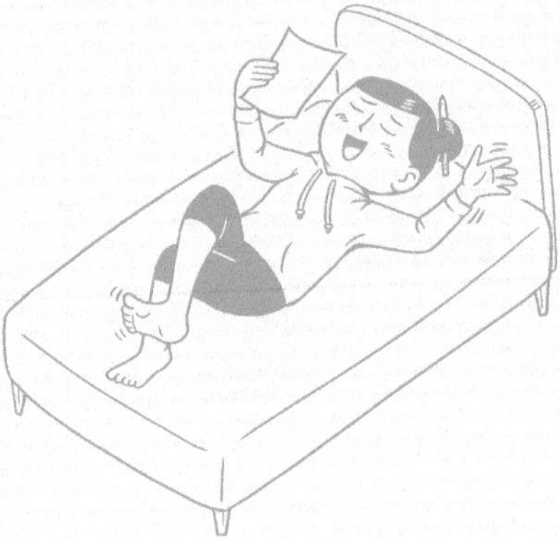

학부모 상담 D-1

# 누구에게나 비밀은 있다

장비빨에 집착하는 나는 평소에도 수영 초급반 주제에 값비싼 선수용 수영복을 사 달라고 조르거나, 취미로 배드민턴을 칠 때도 선수용은 아니더라도 준선수용 배드민턴 채가 필요하다고 주장하는 진상 중 한 명이야. 놀러 가는 날에도 내게는 위와 같은 공식이 적용되지. 새로운 곳에 놀러 가려면 새 옷을 입고 단장해야 사진이 더 예쁘게 나오는 것 같고 놀러 가는 기분도 훨씬 '업(UP)' 되더라고.

그런데 불행히도 엄마 생각은 나와 전혀 달랐어. 엄마에게는 '학생은 공부하려면 단별이 답이다.'라는 나름의 '학생부'스러운 논리가 있었거든. 책 사는 데는 정말 아낌없이 지원해 주셨는데 (너무 오버스러워서 문제였지, 이건) 공부하는 학생이 무슨 옷이 필요하냐면서 고퀄 패션을 향한 나의 열망에 찬물을 끼얹으셨지.

그런데 맨날 입던 추리닝 같은 옷을 입고 놀러 가기는 너무 싫은 거야. 친구들 사이에서 돋보이고 싶기도 했고, (그럴 리 없겠지만) 남학생들과 조인할 수도 있을 테고. 그래서 엄마에게는 체육 대회를 앞두고 반티를 맞춰야 한다고 거짓말을 해서 아주 쉽게 용돈을 타 냈어. 엄마는 아마 내가 거짓말을 하리라는 생각은 못하셨을 거야. 나름 집에서는 꽤 착하고 말 잘 듣는 딸이었거든. 어쨌든 나는 그 돈으로 친구들과 지하상가에 가서 신나게 쇼핑을 했어. 예쁜 티셔츠도 사고 바지도 사고 말이야. 그리고 그걸 입고 친구들과 놀러 갔지.

그러고 나서 한참 뒤에 학부모 상담이 있었어. 성적에도 크게 문제가 없었고 학교생활, 친구들과의 관계도 꽤 무난했던 터라 나는 상담에 대한 아무런 걱정도 없었어. 그냥 엄마가 학교 오는 게 무작정 좋더라고. 그런데 학부모 상담이 끝나고 함께 집으로 돌아가는데 엄마 표정이 그다지 밝지 않은 거야. '선생님께서 무슨 나쁜 말을 하셨나?' 아무리 생각해 봐도 노답. 궁금하긴 했지만 굳이 엄마에게 캐물을 이유는 없어서 그냥 그렇게 지나갔지.

며칠이 지났어. 하루는 청소 당번이라 늦게까지 남아 교실을 청소하고 있는데 담임 선생님께서 웃으면서 내 등을 토닥이며 말씀하시는 거야.

"디디야, 너 엄마한테 반티 맞춘다고 용돈 타 갔다며?"

순간 등에 식은땀이 삐질삐질, 머릿속이 어질어질. "선생님, 저 그렇게 나쁜 아이 아니에요!"라고 항변하고 싶었지만 그게 지금 와서 무슨 소용이야. 그냥 잠자코 있었지. 그러자 선생님께서는 학부모 상담 때 있었던 일을 말씀해 주시더라고.

선생님: 디디가 수업 태도도 좋고 학교생활을 아주 활발하게 잘하고 있어요.

엄마: 아, 그래요? 정말 다행이네요.

…… (분위기 한참 좋았음)

엄마: 선생님, 그런데 얼마 전에 체육 대회 앞두고 반티 맞췄다면서요?

선생님: 네???? 그런 일 없는데요? 이번에는 그냥 색깔만 맞춰서 입기로 했어요.

엄마: 디디가 반티 맞춰야 한다고 용돈을 타 갔는데…….

선생님: 아, 그랬어요?

엄마: 어머, 요 녀석이 거짓말을 했나 봐요. 호호호(빠직).

선생님: …….

대강 이런 상황이었던 거야. 엄마가 나를 의심해서 물어보신 건 아닌 듯하고 그냥 이야기하다 보니 체육 대회 이야기도 나오면서 얘기가 그렇게 흘러간 것 같은데, 생각해 보니 정말 뜨악! 하지 뭐야. 그때 엄마가 얼마나 놀랐을까 싶었지. 학교에서는 남몰래(?) 이런저런 비행을 저질러 가끔 주의를 받곤 했지만, 집에서는 엄한 부모님 때문이었는지 찍소리도 못하는 모범생이었거든. 그러니 엄마 마음이 어땠겠어. 배신감이 장난 아니었겠지. 선생님은 웃으면서 나에게 그러시더라.

"디디가 그런 거짓말도 할 줄 알아?"

잔머리의 여왕에게 이런 과소평가 일침을 놓으시더군. 그때 알았어. 그날 엄마 표정이 좋지 않았던 이유를.

이후에도 엄마는 그 일에 대해 따져 묻지 않으셨어. 한참 시간이 지나 내가 말을 꺼낸 뒤에야 엄마는 그때 그 사실을 알게 되었노라고 말씀하셨지. 그런데 그냥 허허 웃고 넘어가시더라고. 학창 시절에는 다들 그럴 수 있다는 말로 나를 이해해 주면서. 마음은 따뜻해졌지만 경각심이 생기더라. '학부모 상담을 조심해라!' 학교생활뿐만 아니라 내 일상의 작은 비밀까지도 어쩌면 드러날 수 있겠구나 싶었고. 여전히 정신 못 차린 거였지. 한편으로는 엄마에게 죄송한 마음도 들었지만, 뭔가 학부모 상담에 대한 불안감이 커졌거든.

학부모 상담은 새 학년을 맞아 우리의 수업과 학습 태도, 교우 관계 등 학교생활 전반을 놓고 선생님과 부모님이 진솔한 상담을 하며 우리에 대한 이해의 폭을 넓히려고 마련하는 학교 행사야. 맞춤형 상담을 통해 선생님과 부모님 사이의 원활한 소통으로 신뢰 관계가 형성되고, 우리를 앞으로 어떻게 교육하면 좋을까 하는 고민을 해결하는 자리이기도 하지. 서로를 알아 간다는 점에서 신뢰 관계를 형성하는 데는 아주 좋다고 생각해.

그렇지만 기억해야 해. '누구나 비밀은 있지만 학부모 상담 앞에서 영원한 비밀은 없다'는 것을. 그러니 디디처럼 엄마에게 평소에 거짓말을 해서 이 신뢰 관계를 만들어 가는 중요한 자리에 엄마를 난처하게 하지 말자. 솔직히 그날 엄마가 나를 야단치지는 않았지만 몹시 속이 상하고, 딸의 거짓말을 선생님을 통해 확인하게 되어 그 상황이 엄청 부끄럽기도 하셨을 거야. 그러니 들킬 수 있는 거짓말은 지양하자고. 완벽한 거짓말이 가능하다면? 그건 네 결정에 맡길게. 하지만 기억해 둬. 세상에 완벽한 거짓말은 존재하지 않는다는 사실을.

# 엄마와 산책하기

엄마는 누구보다 나를 잘 알고 있다고 생각하지만, 체육 대회 반티 사건처럼 나에 대해 속속들이 알지 못하는 일도 많으실 거야. 그리고 학부모 상담에 가면 내가 학교생활을 어떻게 하는지 엄마가 평소에 파악하지 못했던 점도 많이 알게 되실 거야. 그러니까 학부모 상담 전날에는 엄마와 더 많은 대화를 할 수 있는 시간을 마련하면 어떨까? 바로 엄마와 산책하기.

엄마가 한때 건강을 위해 운동한다면서 밤에 동네를 1시간씩 산책하시더라고. 나도 몇 번 따라가곤 했는데, 엄마랑 그렇게 걷다 보니까 얼굴 맞대고 하지 못했던 이야기들이 아주 자연스럽게 나오고 학교생활이나 친구들 이야기도 수다 떨 듯 말할 수 있었어. 아, 그리고 자연스럽게 운동도 된다는 거. 디디는 베개에 머리만 붙이면 자면서도 소리에 예민한 탓에 잘 깼는데 숙면까지 책임져 주지 뭐야.

물론 엄마는 내일 학부모 상담을 통해 선생님이 객관적인 시각에서 바라본 나의 학교생활 이야기를 들을 수도 있어. 하지만 내가 느끼는 나의 학교생활에 대해 엄마가 미리 알고 계신다면 상담 내용이 좀 더 의미 있을 테고, 혹시 학교생활에 문제가 있다면 그런 점을 선생님과 진지하게 의논하실 수 있을 거야. 평소 학원 다니느라 바쁘다, 피곤하다는 핑계로 방문 쾅 닫고 침대에서 뒹굴뒹굴했다면, 오늘 하루만큼은 마음의 여유를 갖고 엄마와 함께 학교생활에 대해 이야기하는 시간을 마련했으면 해.

엄마와의 대화가 "이따 저녁에 엄마랑 얘기 좀 하자."가 되어 버리면 뭔가 잔소리 듣고 훈계받는 느낌이라 싫잖아. 그러니 엄마 운동 나가실 때 졸래졸래 따라 나가 봐! 엄마랑 동네 산책하면서 친구들이랑 수다 떠는 것처럼 이야기하다 보면 좀 더 편안한 상태에서 내 속마음을 터놓을 수 있지 않을까?

## 달밤 체조

어렸을 때는 고사리 같은 손으로 엄마 아빠 안마도 많이 해 드렸는데, 이제는 괜히 쑥스럽기도 하지. 그래도 오늘은 모처럼 안마를 해 드리자. 미리 점수 좀 따면 좋잖아!

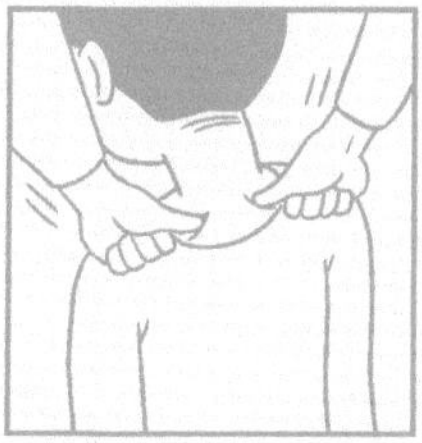

① 주먹으로 어깨를 꾹 눌러 주기.

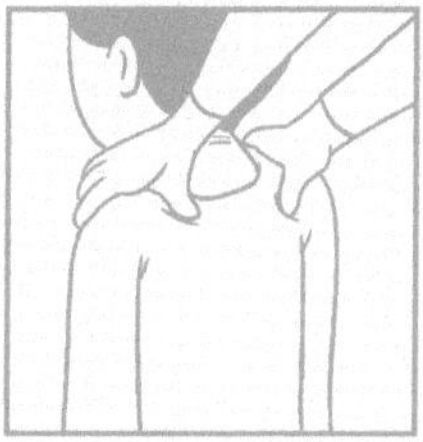

② 마디에 힘을 주고 마시지하기.

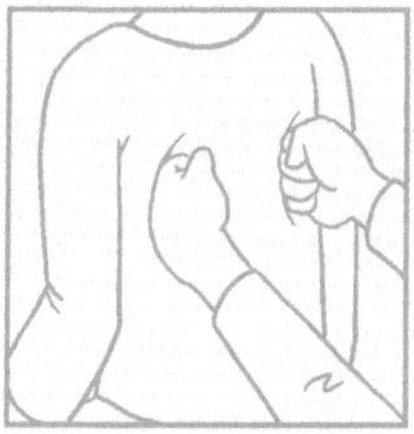

③ 등 곳곳을 힘주어 눌러 주기.

④ 천천히 아래로 쓸어내리기.

CA 부서 정하기 D-1

# 순간의 선택이 평생을 좌우한다

내가 어릴 때 살던 동네 문방구에 가위바위보 하는 게임 기계가 있었어. 그 게임기에도 이름이 있었겠지만 잘 기억이 안 나네. 아무튼 '짱껨뽀'라는 효과음과 함께 가위, 바위, 보 중에서 내가 버튼 하나를 골라 누르는 거였지. 기계와의 가위바위보 게임에서 이기면 "야삐~"라는 소리를 내면서 무작위로 메달이 나왔어. 그리고 그 메달로 문방구에서 파는 불량 식품부터 시작해서 유행하는 필기도구까지 구입할 수 있었고.

하루는 게임기가 갑자기 달그락거리며 정말 셀 수 없을 정도로 메달이 끊임없이 나오는 거야. 이게 웬 횡재냐 싶어 얼떨떨

하게 서 있었는데, 그때 문방구 주인아저씨의 표정을 아직도 잊을 수 없어. 그 어두웠던 낯빛을. 물론 가위바위보에 져서 내 피 같은 용돈을 기계가 꿀꺽 먹은 날도 있었어. 그런 날은 시무룩해져서 집으로 터덜터덜 돌아오곤 했지.

어렸을 때는 그저 게임에 지나지 않았던 가위바위보가 중학교 때는 나의 한 학기를 결정짓는 중요한 순간에 능력(?)을 발휘한 적이 있어. 바로 CA 부서를 선택하던 날이었지. CA는 Club Activity의 약자로, 학교에서 교과목 외에 학생들이 재미있게 할 수 있는 여러 가지 학습 활동을 말해.

중학교에 입학하고 얼마쯤 지나니 CA 부서를 결정해야 한다더라고. 독서, 미술, 영화 감상, 종이접기, 영어 회화, 배드민턴, 컴퓨터, 밴드 등 각양각색의 취미와 특기를 살릴 수 있는 부서가 정말 많았어. 사실 적성도 모르겠고 딱히 잘하고 싶은 것도 없던 나는 일주일에 한 번인 CA 시간을 그냥 놀면서 보내고 싶어 아무 생각 없이 영화 감상반을 신청했지. 그런데 나랑 같은 생각을 한 친구들이 반에 10명이 넘었던 거야. 흔히 일어나는 일이지, 뭐. 정원은 3~4명이었는데. 그러자 담임 선생님은 세상에서 가장 공정하면서도 이의 제기 없이 빠르게 결정을 도와줄

수 있는 그 게임을 권하셨어. 바로 '가위바위보.'

단 한 판에 나가떨어진 나는 결국 CA 부서 가운데 인원 미달이었던 독서반에 등 떠밀려 들어가게 됐지. 가위바위보 따위가 내 운명을 결정하게 될 줄이야. 원치 않았던 부서로 가게 되니 CA에 대한 기대도 없고 의욕도 없어서 처음에는 시간을 잘 활용하지 못했어.

그런데 내가 생각한 것처럼 독서반이 그렇게 따분하지만은 않더라고. 나는 솔직히 독서반이 각자 책을 읽으라고 던져 주면 시간만 보내는 부서인 줄 알았어. 그런데 책과 관련된 영화도 함께 보고 토론하고 선생님께서 비슷한 책들도 추천해 주시니까 책에 관심이 생기기 시작했지. 도서관이 어디에 붙어 있는지도 모르던 나는 그때부터 학교 도서관을 이용하게 됐어.

조금 거창하게 말하면 가위바위보로 (졌지만) 내가 좋아할 수 있는 신대륙을 발견한 셈이야. 그 한 방의 가위바위보로 내 적성과 관련해서 인생의 방향을 결정짓게 되었거든. 지루하다고만 느꼈던 독서에 대한 편견이 사라지고 도서관이라는 공간에 대한 로망이 생겼어. 꿉꿉한 책 냄새를 좋아하는 이상한 취향도 생기고 말이야.

물론 내 경우는 특별하다고 할 수 있어. 보통은 전혀 흥미 없는 부서에 반강제로 떠밀려 들어가게 되면 목표 없이 그저 시간을 보내다 오는 친구가 부지기수일 거야. 그런데 생각해 봐. 유일하게 놀면서 학교 수업을 할 수 있는 시간인데, 그냥 앉아서 세월아 네월아 끝나기만 기다린다면 너무 후회되지 않을까? 재미있는 시간을 전혀 관심 없는 분야의 수업으로 하품만 하며 보낼 이유가 없고, 얼마든지 내 취미 활동 시간으로 활용할 수 있는데 무의미하게 보낼 이유도 없는 것 같아. 그러니 CA 부서를 결정하기 전에 내가 하고 싶은 것, 내가 좋아하는 것이 뭔지 진지하게 생각해 보고, 그 시간을 즐겁게 활용할 수 있는 부서를 고르는 거야. 그야말로 순간의 선택이 평생을 좌우하는 것 아닐까 싶어.

이듬해에 나는 CA 시간을 활용해 새로운 도전을 시작했어. 어릴 때 노래 부르는 걸 참 좋아해서 노래방에서 마이크 놓지 않기로 유명했고, 초등학교 6학년 때는 피아노 콩쿠르에서 최우수상을 받은 덕분에 중학교 때 시에서 특기 장학생으로 뽑혀 장학금을 받기도 했거든. 물론 조금 뛰어날 뿐 음악을 할 정도의 재능이 없다는 엄마의 객관적인 판단에 따라 전공으로 삼지는 않았지만, 이런 특기를 썩히기가 너무 아쉬웠어. 그래서 조금 더 활용하면서 발전시키기 위해 '밴드부' 오디션을 받았지. 보컬이 되고 싶었는데 내 노래를 들어 본 담당 선생님께서는 "너한테는 키보드가 훨씬 더 어울려."라는 말로 단번에 거절하셨어.

그래도 내가 즐길 수 있는 것을 하게 되어 CA 시간이 늘 기다려지고 참 좋았어. 다른 과목 준비물은 챙겨 오라고 칠판에 써 줘도 맨날 까먹는데 CA가 있는 날엔 내 키만 한 키보드를 꼬박꼬박 챙겨갔어. 한 곡을 친구들과의 연주로 끝마칠 때마다 성취의 기쁨이 남다르더라고. 선생님께서 다른 악기를 이해할 필요도 있다며 평소에는 접해 보기 쉽지 않은 베이스기타도 가르쳐 주셨는데, 배움의 영역이 넓어지니 훨씬 의미 있는 시간이 되었고.

사실 CA라고 하면 고등학교를 잘 가기 위해 고상해 보이고 학습과 연관된 부서를 선택하는 친구들도 있을 거야. 그런데 알지? 이제는 한 분야만 파면서 공부만 잘하는 모범생보다는 여러 분야에서 폭넓은 활동을 한 열린 마음의 소유자가 미래의 인재로 더 환영받는다는 사실. 전문가의 시대라고 하지만 하나만 잘하는 전문가는 없어. 오히려 더 다양한 분야의 경험이 있어야 내 분야에서 더욱 빛을 낼 수 있으니까.

그러니까 CA 부서를 선택할 때는 내가 진짜 좋아하고 즐길 수 있는 것을 선택하는 것이 최고의 선택이라는 점을 잊지 마. 천재는 노력하는 사람을 이길 수 없고, 노력하는 사람은 즐기는 사람을 이길 수 없다는 것도.

D-day를 위한 꿀팁

# 우선순위 정하기_CA 월드컵

내일 CA 부서를 정할 때 아무 생각 없이 되는대로, 모르는 문제 답을 찍듯이 정할 생각은 아니지? 그렇다면 어떤 CA 부서를 선택할 수 있는지 그 선택지를 아는 게 우선이야. 이건 CA 부서를 고르기 얼마 전부터 선생님께서 게시판에 게시해 줄 테니 크게 문제 되지 않을 테고. 여러 가지 부서를 째려보고 있다 보면 나한테 어떤 게 더 즐거운 시간이 될지 헷갈릴 수 있어. 오지선다형 같은 객관식 문제에서 우리가 늘 실패하는 이유지. 그래서 여러 개가 아니라 둘 중 하나만 고르면 되는 선택지를 만들어 결정 장애에서 벗어나 보자. 바로 CA 부서 월드컵을 해 보는 거야.

우리 연예인들 이상형 월드컵 해 봤잖아. 강다니엘 vs 옹성우, 양세형 vs 조세호, 이런 식으로 둘 가운데 한 명을 선택하는 거 다들 해 봤지? 월드컵에서처럼 32강, 16강, 8강, 4강…… 이렇게 피라미드 형태로 올라가면서 최고의 우선순위를 찾아보는 거야. 인터넷상에는 이상형 월드컵 프로그램 만들어 놓은 것도 많아서 이름만 집어넣고 프로그램을 돌려 봐도 되는데, CA 부서는 그렇게 많지 않기 때문에 그냥 수기로 하는 게 훨씬 편할 거야.

작게 자른 네모난 종이에 CA 부서를 모두 적어. 짝수여야 가능한데, 홀수라면 부전승으로 하나를 올려 보낼 수 있지. 그 종이들을 모두 한 줄로 늘어놓고 두 개씩 짝을 지은 다음, 두 부서 가운데 더 맘에 드는 부서를 위쪽으로 올려 보내는 거야. 위로 올라간 부서들은 또 똑같은 방식으로 두 개씩 짝을 지은 뒤 맘에 드는 부서를 위쪽으로 올려 보내고. 이렇게 반복하다 보면 마지막에 하나의 부서만 남겠지. 이 과정을 통해 네가 정말 들어가고 싶은 부서가 눈에 확실하게 보일 거야.

내 맘대로! CA 부서 월드컵

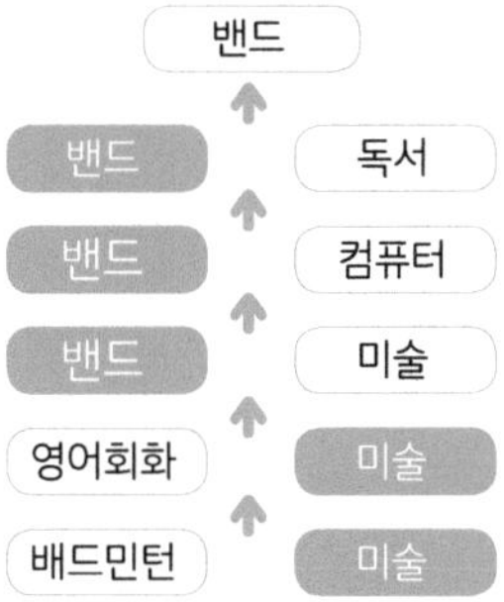


물론 맨 꼭대기에 있는 부서만 염두에 두어서는 안 돼. 경쟁률이 치열하면 가위바위보나 다른 방법으로 선택하게 되어 밀려날 수도 있으니까. 이 월드컵을 통해 들어가고 싶은 우선순위의 부서를 3~4가지 뽑아 두면, 가장 바라던 부서에서 밀려나도 강한 멘탈과 성실한 준비성으로 그 순간에 좀 더 지혜롭게 대처할 수 있지 않을까? CA 부서 월드컵으로 학교생활에서 즐거움 역할을 맡을 CA 부서를 현명하고 멋지게 선택하자고!

# 달밤 체조

가위바위보든 다른 방법이든, 내일 어떠한 CA 부서에 들어가느냐는 '뽑기 운'이 잘 따라 줘야 할 거야. 그러니까 오늘은 손가락 운동에 집중하자. 부디 너의 손끝에 행운이 깃들기를!

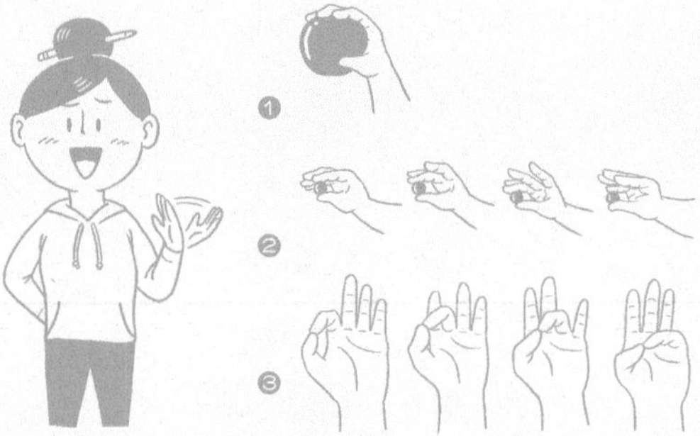


❶ 물렁한 공을 쥐고 손가락 끝에 힘을 주었다 뺐다 반복하기.
❷ 손가락을 차례로 번갈아 작은 구슬을 떨어뜨리지 않고 쥐기.
점점 속도를 내도 좋아.
❸ 손목을 펴고 엄지와 각각의 다른 손가락을 맞대어 'O' 자 만들기.

신체검사 D-1

## 키 스펙 따위는, 단숨에

"저는 요즘 애들에 견주어 키가 작아요. 엄마 아빠가 모두 작으신데 유전인 것 같아요. 키가 작아 늘 1번이라 놀림을 받는데 나는 왜 이렇게 작은 키로 태어났나 싶고, 가끔은 죽고 싶을 만큼 괴로워요. 평소에 잘 놀리는 애들이 있는데 걔들이 저보고 루저래요. 제가 이렇게 태어나고 싶어서 태어난 것도 아닌데 놀림까지 당하니까 정말 싫어요. 제가 우리 반에서 가장 작아요. 엄마는 아직 학생이니까 더 클 거라고 걱정 말고 공부나 열심히 하라고 하시지만 전 틀렸어요. 더 이상 자라지 않을 것 같아요."

자주 가는 인터넷 카페에서 이 글을 보게 되었어. 세상에! 나랑 얼마나 상황이 비슷하던지, 내 마음과 얼마나 똑같던지, 내가 써 놓은 고민인 줄 알았다니까. 나는 키가 너무 작아 늘 앞자리를 도맡았거든. 사실 키가 작아 불편한 점이라고 하면 앞자리에 앉아서 선생님의 레이더망에 들어가야 했던 것 정도였어. 언젠가는 크겠지 하는 막연한 기대감이 있었거든.

그런데 점점 자라면서 깨닫게 되었어. 내 키에 더 이상 반전이 없을 거라는 사실을. 그도 그럴 것이, 엄마는 키가 155센티미터이고 아빠 키는 (아빠는 언제나 대한민국 평균 남성의 키라고 했지만) 165센티미터라는 것을 알았거든. 부모 키가 유전될 확률이 30퍼센트라고 하는데, 이건 꽤 높은 확률이잖아. 그러니 환경의 영향으로 변할 수 있을 가능성에 대해 비관적이었던 것이 사실이야.

초등학교 때 농구부 테스트를 받으러 간 적이 있어. 내가 키는 작아도 날다람쥐처럼 행동이 재빨라서 다른 아이들보다 운동을 좀 잘하는 편이었거든. 그리고 그때만 해도 농구가 지금 야구나 축구처럼 인기 있는 스포츠 종목이어서 농구 선수를 향한 막연한 동경도 한몫했고. 부모님은 강력하게 반대하셨지만 농구부 들어가겠다고 혼자 테스트를 받으러 갔던 거지.

그런데 코치 선생님이 나를 보자마자 한숨을 내쉬지 뭐야. "키가 너무 작아서 힘들 것 같은데."라면서. 테스트를 받긴 했지만 떨어지는 것이 당연한 수순이었어. 내 노력과는 상관없이 단순히 외적인 요소 때문에 무언가에 도전할 수 없다는 데서 큰 절망감을 느꼈지.

"엄마, 나 학교 가기 싫어."

작은 키 콤플렉스 때문이었는지 나는 학교에서 신체검사하는 날이 너무 싫었어. 엄마는 "아담한 것도 좋아." "대학교 가면 더 크니까 걱정하지 마."라며 나를 위로하시곤 했지만 귀에 들어오지 않더라고. 사실 수업도 안 하고 온종일 친구들과 몰려다니면서 시력 검사, 청력 검사 하며 노는 날이니 평소 같으면 얼마나 즐거워했겠어. 그런데 신체검사의 대장이라고 할 수 있는 키와 몸무게 검사를 피해 갈 수는 없는 노릇이잖아.

"1번 디디, 143센티미터."

설상가상으로 키와 몸무게 불러 주는 선생님 목소리는 확성기에 대고 말하는 것처럼 왜 그렇게 크던지! 그때 마음속으로 생각했지. '내가 교장 선생님이 된다면 신체검사할 때 학생들의 프라이버시를 침해하지 않도록 비밀이 보장될 수 있는 공간에

0.5센티미터라도 더 크게!
다음!
저기...
네 차례야...

서 키와 몸무게를 측정하게 할 테야.'라고.

그런데 문득, 우울해하고 화만 낸다고 키가 갑자기 커지는 것도 아니요, 이 상황을 현실적으로 받아들이고 대처하는 것이 중요하다는 생각이 들더라. 그래서 나는 단시간 안에 내 키를 조금 키울 수 있는 방법을 연구했지. 측정값이라도 올려 보자는 작은 소망을 품고.

우리는 보통 구부정한 자세를 많이 하고 있잖아. 바로 근육이 수축된 상태여서 그런 거야. 그런데 키를 측정하기 전에 격한 운동을 하면 몸의 근육이 더 이완하면서 몸이 펴지고, 그래서 숨어 있는 키를 적게는 0.2센티미터에서 크게는 2센티미터까지 찾을 수 있대. 실제로 푸시업을 100번 하고 쟀더니 순간적으로 키가 커진 예, 참 많거든.

그러니 키 재려고 줄 서 있을 때 우리 수다나 떨 때가 아닌 거야. 손발은 물론이요 목이라도 돌리고 허리라도 격하게 움직여야 한다는 거지. 손가락조차 가만두면 안 되는 거야. 그리고 키를 잴 때는 정수리에 뽕을 넣어서 조금 더 위에서 터치할 수 있게 하고, 척추를 최대한 쭉 펴고 목을 힘껏 늘여서 조금이라도 더 크게 나올 수 있도록 우스꽝스러운 모습을 연출하는 거야.

실제로 나는 그렇게 해서 내 앞 번호와 뒷 번호 친구보다 키가 더 크게 나온 적도 있어. 물론 도토리 키 재기에 불과했고 키가 진짜로 커진 건 아니지만, 순전히 내 만족감은 100퍼센트 상승했지. 그거면 된 거야.

요즘 우리들 스펙 가운데 빼놓을 수 없는 스펙이 바로 키 스펙이라고 해. 우리가 신체검사 스트레스에서 자유로울 수 없는 이유이기도 하지. 그래서 나 또한 키가 큰 친구들을 부러워한 적도 많고 키 때문에 고민도 많았어.

하지만 점점 시간이 지나면서 그런 생각이 불필요하다는 걸 느꼈지. 사람에게는 키 말고도 자신을 드러낼 수 있는 방법이 여러 가지가 있거든. 나만의 장점이 분명히 있잖아. 외모에 가려졌지만 내가 알고 있는 나만의 긍정적인 모습들 말이야. 그래서 이런 장점들을 캐내고 부각하기 위해 더 노력한 것 같아. 덕분에 키가 작다는 데서 오는 스트레스를 나만의 매력을 찾는 에너지로 바꾸어 가고 나를 조금씩 더 깊이 알아 가게 되었어. 나를 믿는 마음이 굳건해졌고, 외적인 면이 아닌 내적인 매력으로 나에 대한 자신감을 얻었지. 내가 늘 어디서든 당당하게 보이는 이유야.

그때부터 시간이 좀 지났어. 나 키 좀 컸냐고? 아니! 나는 지금도 아주 작아. 그렇지만 귀엽고 아담하고 사랑스럽다고 생각해. 늘.

D-day를 위한 꿀팁

# 다음 날 일시적으로 키를 크게 하는 (평소에 꾸준히 하면 더 좋은) 세 가지 방법

그래도 신체검사 때 내 키를 포기할 수는 없지. 자존감을 좀 더 높여 주고, 다음 날 키를 일시적으로 크게 할 수 있는 세 가지 방법을 소개할게. 신체검사 전날 가벼운 마음으로 실천해 봐. 이튿날 학교 가는 발걸음이, 키 재는 기계에 올라가는 발걸음이 훨씬 가벼워질 거야. 다큐 아니고 그냥 재미로 받아들이기!

### 1. 낮보다 밤이다

사람이 활동하는 낮에는 중력과 체중 때문에 성장판이 눌리고 압박을 받아 성장이 억제돼. 그렇지만 밤이 되어 잠자는 동안에는 압박이 사라지기 때문에 키를 크게 하는 스트레칭을 할 때는 밤을 이용해야 해.

### 2. 키 크는 스트레칭 다섯 가지

낮에 눌리고 중력으로 압박받은 성장판. 이걸 그냥 두고 자면 안 되겠지. 중력과 체중의 압박을 스트레칭으로 시원하게 풀고 자면 이튿날 성장호르몬이 훨씬 제대로 역할을 할 수 있지 않을까? 키 크는 스트레칭을 한다고 갑자기 키가 엄청 커지는 건 아니지만, 하고 나면 찌뿌드드했던 몸이 왠지 개운해지고 굽은 등과 허리가 펴지면서 시원함을 느낄 수 있을 거야. 이것은 숙면과도 연결될 수 있고. 날마다 하면 더 좋은 스트레칭, 신체검사 전날엔 필수야, 필수!

1) 서서 몸 늘여 주기

다리를 어깨너비로 벌린 뒤 손깍지를 끼고 팔을 위로 쭉 뻗어. 몸을 최대한 위로 당겨 하늘을 바라보도록 고개를 위로 올리면 끝. 10초간 유지하는 게 중요해. 버티다 보면 목이 불편할 수 있는데, 불편할수록 목 건강이 안 좋다는 적신호이니 꾹 참고 더 버텨 봐.

2) 옆구리 양쪽으로 늘여 주기

1번 동작을 취한 뒤 옆구리를 최대한 옆으로 늘여 주면 돼. 골반이 반대쪽으로 빠지지 않게 하는 것이 포인트. 왼쪽 오른쪽 각각 50초씩 유지해. 뭔가 키가 크는 느낌도 들고 어깨부터 시원해질 거야. 옆구리 살 빼는 데도 좋다고 해.

### 3) 허벅지 안쪽 스트레칭

무릎을 구부리고 앉아 몸을 수직 상태로 유지한 뒤 한쪽씩 다리를 펴 주면서 허벅지 안쪽이 당기게 하면 돼. 양쪽을 각각 20초간 유지하고 5세트 정도 하면 끝. 민망해 보이기는 하지만 스트레칭 효과는 만점.

### 4) 허벅지 앞, 골반 스트레칭

한쪽 다리를 한 걸음 앞으로 내밀어 직각이 되도록 구부려서 앉고 반대쪽 다리는 뒤로 빼서 허벅지 앞쪽이 당기게 하면 돼. 이때 앞으로 내민 다리를 너무 많이 굽히지 않고 직각을 유지하는 것이 포인트야. 20초씩 5세트로 마무리. 딱 이 자세가 나와야 제대로 운동이 되는데, 처음에는 그렇지 못한 사람이 더 많을 거야. 거울로 옆모습을 체크하면 훨씬 정확한 동작으로 운동할 수 있겠지.

### 5) 허리 골반 스트레칭

다리를 펴고 앉은 다음 한쪽 다리를 구부려 반대쪽 무릎 옆에 두고, 반대쪽 팔을 무릎 바깥쪽에 두어 허리가 돌아가게 하면 돼. 시선은 몸이 돌아간 쪽으로 자연스럽게 이동해. 20초씩 5세트로 마무리. 두두둑 소리가 날 수도 있어 처음엔 겁이 나지만 자꾸 하다 보면 중독되지. 한 번 하면 몸 전체가 엄청 시원하게 스트레칭 되거든.

### 3. 평소보다 더 일찍 잠자리에 든다

하루 중 성장 호르몬이 가장 많이 나오는 시간대는 밤 10시에서 새벽 2시 사이래. 그러니 가장 효율적인 성장을 위해서는 밤 10시 이전에 잠자리에 드는 것이 좋겠지. 물론 성장 호르몬은 온종일 분비되지만, 밤 10시에서 새벽 2시 사이에 나오는 성장 호르몬의 양이 다른 시간대보다 훨씬 많대. 이 시간에 자야 뼈가 자라고 키 크는 데 도움이 되는 거지. 그러니 신체검사에서 좀 더 키가 크고 싶다면 스트레칭 후에 꿀잠 자는 것이 가장 좋다는 거 잊지 마.

## 달밤 체조

꿀팁에 나온 스트레칭 동작을 꾸준히 반복하자고!

만우절 D-1

# 고백하기 좋은 날

일생을 살면서 단 한 번도 거짓말을 안 해 본 사람은 없어. 만약 누가 그렇지 않다고 하면 그거야말로 정말 대단한 거짓말일 수밖에 없지.

우리 엄마는 다이어트 해야 한다며 밥상머리에서 끼적대는 나에게 이렇게 말했어.

"디디야, 지금 먹어서 살찌는 건 전부 키로 가니까 많이 좀 먹어."

그리고 아침마다 이 옷 저 옷 골라 대며 거울만 뚫어져라 보고 있을 때면 또 이렇게 말씀하셨지.

"대학 가면 살 빠지고 예뻐져. 지금은 공부에만 신경 쓰렴."

뭐, 우리 엄마만 그런 건 아니야. 인터뷰에서 "학교 수업만 충실히 했어요."라고 말하는 수능 수석 합격자 소감을 비롯해 "그냥 친한 동료 사이일 뿐이에요."라는 연예인들의 열애설 해명, "너한테만 말하는 건데……."라면서 여기저기 다 말하고 다니는 친구까지, 어느 누구도 거짓말에서 자유로울 수는 없을걸?

그런데 이런 거짓말을 모두 공식적으로 해도 된다고 즐기는 날이 있지. 바로 만우절이야. 만우절은 1564년 프랑스에서 유래했어. 옛날 프랑스에서는 새해가 현재 달력 3월 25일이어서 4월 1일까지 신년제를 치렀대. 샤를 9세가 달력 계산법을 바꿔 새해를 1월 1일로 고쳤지만 정착될 때까지 시간이 좀 걸렸던 모양이야. 그래서 사람들은 4월 1일을 신년제의 마지막 날로 생각하고 선물을 교환하고 가짜로 신년제를 흉내 내기도 했는데, 바로 이게 만우절의 시초가 되었대. 전 세계적으로 만우절은 가벼운 장난이나 거짓말로 남을 속이면서 즐기는 날이 된 거야. CNN과 똑 닮은 사이트에 '빌 게이츠 암살' 기사가 실리기도 하고, BBC에서는 남극에서 하늘을 나는 펭귄 무리가 발견되었다는 기사를 쓰기도 했대. 세계적인 거짓말 축제인 셈이지.

이런 날에는 거짓말을 정당화하는 장난을 하면서 학창 시절의 추억 하나를 만들기도 하지. 우리도 마찬가지였어. 어느 반은 교실을 통째로 바꾸고 어느 반은 팻말을 바꾸면서 하루를 시끄럽게 보내곤 했지. 이런 날은 선생님들도 악의 없는 거짓말이니 슬쩍 속아 주기도 하고 또 우리 계획대로 정말 속으면서 함께 웃으며 이날을 즐기곤 했어.

어느 날 우리는 평소와는 좀 다른 방법으로 선생님을 놀라게 하기로 했지. 감수성 넘치는 국어 선생님 시간이었는데, 평소 수업 시간에 우리와 농담도 잘하는 분이라 그 시간이 매우 순탄하게 넘어갈 거라고 착각하면서 말이야.

우리 학교 교복이 하얀 블라우스에 조끼, 남색 월남치마였어. 월남치마는 베트남 전쟁이 한창이던 1970년대부터 우리나라 아줌마들이 즐겨 입던 긴 일자형 통치마를 말하는데, 교복이 너무 촌스럽다고 옆 학교 애들이 지어 준 별명이었지. 이 교복을 활용해 뭔가를 해 보자는 의견이 나왔는데, 애들이 하얀 블라우스가 귀신 소복 느낌이 난다면서 만우절 기념으로 귀신 코스프레를 하자고 했어. 만우절 단골 메뉴처럼 우선 모두 뒤로 돌아앉고, 블라우스는 거꾸로 입고(블라우스 앞 단추가 등에 오게), 까만

단발머리를 (묶을 것도 없었으니 당연히) 풀고. 그러면 목이 돌아가 있는 모습이 되잖아. 그렇게 하고서 선생님이 앞문을 열고 들어오셨을 때 (뒤를 보고 있는) 반장이 가운데에서 벌떡 일어나 태극기를 흔들며 '대한 독립 만세'를 외쳤어(이건 뭐 일관성도 없고 재미도 없고).

그런데 갑자기 쾅 하며 뭔가 쓰러지는 소리가 났어. 소리에 우리도 놀라서 다들 뒤돌아보니 선생님이 잠시 기절. 결국 선생님은 보건실로 가서 '절대안정' 상태로 계셨지 뭐야. 언제나 강해 보이셨는데, 우리 반 문을 여는 순간 그 교복이며 풀어헤친 머리가 귀신처럼 보였나 봐. 잠시 넋이 나가 있던 새에 갑자기 반장이 일어나 태극기를 흔드는데, 목이 돌아가 있는 그 모습에 엄청 놀라셨겠지(솔직히 나도 나중에 그 사진을 보니, 알고 봤는데도 섬뜩하더라). 선생님은 자신도 모르게 다리에 힘이 풀려 주저앉아 버리신 거였어.

그날 우리는 어떻게 됐냐고? 단체로 기합을 받았지, 뭐. 방과 후에 운동장을 계속 돌았어. 국어 선생님은 그 트라우마 때문에 우리 반 수업에 한참 못 들어오셨고.

개학하자마자 3월 한 달을 긴장감 속에서 보내며 정신없이 달려온 선생님과 우리에게 만우절은 피곤해진 몸과 마음을 어느 정도 달래 주며 웃음과 추억을 안겨 주는 시간이 될 수 있을지도 몰라. 모두들 그런 마음이었겠지. 거짓말을 통해 서로 웃고 즐기려는 의도였는데, 지나친 장난이 일을 너무 크게 만들어 버린 거였어. 그다음부터는 그런 장난을 치지 않게 되더라. 친구들 사이에서도 과한 장난이 상처를 주는 경우가 있었거든. 특히 만우절에는 112나 119에 들어오는 허위 신고도 많다고 해. 그러면 안 되는 것쯤은 다들 알고 있지?

만우절에 선생님 놀라게 하고 친구들에게 지나친 장난을 해서 상처 주는 것보다 더 적절한 거짓말 퍼포먼스가 있어. 바로 평소에 좋아하던 친구에게 고백하는 날로 '찜콩' 하는 거야. 용기가 없어서 마음에 드는 친구에게 고백하지 못한 적이 많잖아. 좋은 친구 사이였는데 괜히 말을 꺼냈다가 서먹해질까 봐 걱정스럽고, 거절당할까 봐 겁이 나기도 하지. 이럴 때 만우절을 활용하면 딱이라니까.

"나 너 좋아해. 예전부터 좋아하고 있었어."라고 진지하게 말을 꺼내. 그런데 그 친구가 뭔가 곤란해하거나 당황하면서 거절의 기운을 내뿜는다? 그러면 바로 "오늘 만우절이지롱~" 하면서 씁쓸하게 넘어가는 거지. 어쨌든 부끄러움의 몫은 피할 수 있어.

"나 너 좋아해. 예전부터 좋아하고 있었어."라는 고백에 친구가 "나도야." 하고 '그린라이트'를 켠다면? 뭐 그거야말로 두말할 나위 없이 좋은 일이고. 오늘부터 1일.

그런데 만약 친구가 내 고백에 그린라이트를 켜는 것처럼 거짓말을 해서 속마음을 알아채고 내 마음에 스크래치만 남는다면? 잘됐어. 이참에 그 친구 인성까지 알아본 거지. 궁둥이 한 번 팍 차 주고 쿨하게 끝내는 걸로.

우리에게는 누구를 좋아하는 감정이 있게 마련이고 직접 표현할 권리가 있어. 나는 그런 과정이 꽤 건강한 감정을 지니고 있다는 증거로 보여. 어른들 눈에는 그저 발라당 까진 모습처럼 보일지도 모르겠지만, 생각해 보라고. 먼 옛날에 이몽룡과 성춘향이 엄청 애틋하게 좋아한 것도 16세 때였어. 로미오와 줄리엣은 어떻고? 원작 소설을 보면 줄리엣은 13세 정도로 추정된다고. 동서양과 고금을 막론하고 좋아하는 감정을 표현하는 행위는 지극히 당연한 거야. 그러니 죄책감 따위 느낄 필요 없이 자기 감정에 솔직해지기를 응원해. 바로 내일, 만우절을 이용해서 말이야.

# 반신욕

그동안 좋아하는 마음을 품고 있던 친구에게 고백하려고 하니 계속 머릿속이 어지럽고 잡생각만 들어. 떨리는 건 물론이고. 그래서 내일의 고백에 대비해 마음을 가라앉히고 편안한 숙면을 취하는 데다가 피부까지 맑아 보이게 하는 비법을 생각해 봤어. 바로 반신욕을 하는 거야.

집에 있는 욕조에 따뜻한 물을 받아. 37~38도 정도가 알맞다는데, 나는 좀 뜨끈한 물에 몸을 담그고 있으면 피로감이 훨씬 잘 풀리는 것 같고 나른하니 기분이 좋더라고. 40도 정도도 괜찮을 것 같아. 온도가 높아지면 혈관이 이완하면서 곧 원활한 혈액 순환으로 이어진다고 해. 그러면 몸의 붓기를 완화해 주고 노폐물을 빼 주니까 피부 건강에 도움이 된다네. 욕조에 들어가기 전에는 물을 한 잔쯤 마셔 주는 게 좋고. 소화 흡수에 문제가 생길 수 있으니 식후 1시간 내에는 삼가야 해. 아침보다는 저녁에 하는 게 숙면에 도움이 될 거야. 안 그래도 내일 고백을 하려면 얼마나 떨리겠어. 반신욕 후에 푹 자고서 생활 리듬을 회복한 상태에서 하면 더 좋지 않을까?

간혹 반신욕을 하면서 책을 읽는 사람들도 있는 것 같아. 그렇지만 반신욕을 너무 오래 하면 어지러움증이 올 수 있고, 피부가 안 좋을 경우에는 더 건조해질 수 있다고 해. 그리고 책이 젖을 수도 있잖아. 그래서 나는 반신욕을 하면서 책 읽는 것보다는 음악을 듣는 편이 좋을 것 같다고 생각해. 음악은 주위의 소음이나 잡념 등을 잊게 해 주는 자극 차단 기능을 한다고 하거든. 잔잔한 클래식은 마음을 차분하게 해 주니 좋고, 요즘 유행하는 노래는 스트레스 확확 풀어 주니까 좋을 것 같아. 내일 고백에 앞서 마음이 불안하다면 요한 슈트라우스 2세의 '빈 숲속의 이야기'나 브람스의 '헝가리무곡' 같은 음악을 들어 봐. 불안감을 덜 수 있을 거야.

마음을 편안하게 하고 잡념을 사라지게 해 주는 반신욕. 내일 네가 진심 어린 진지한 고백을 하는 데 도움이 되지 않을까? 그러니 지금 몸을 담가 보자고. 머릿속의 복잡한 생각은 다 잊고 말이야.

## 달밤 체조

반신욕으로 몸의 피로와 긴장을 풀었으니 이제 얼굴을 가꿔 보자. 피부 관리실에 가야 하냐고? 노, 노, 전혀! 간단한 손동작으로 얼굴 붓기를 빼고 더 갸름해 보일 수 있어. 자, 다음 페이지를 보며 한번 따라 해 봐.

① 마사지 전, 손바닥이 뜨거워지도록 힘껏 비벼 주기.

② 한 손으로 이마 전체를 사선으로 10회 문지르기. (반대쪽도)

③ 손끝으로 머리카락이 시작되는 부분을 아래로 긁듯이 마사지하기 (10회).

④ 관자놀이를 앞으로 10회, 뒤로 10회 원 그리듯 연속으로 돌려 주기.

⑤ 광대뼈 중앙을 지그시 눌러 주고 앞뒤로 10회씩 반복해서 돌려 주기.

⑥ 손바닥으로 광대뼈 아래에서 목뒤로 끌어올리듯 세게 밀어 주기.

⑦ 검지와 중지를 이용해 관자놀이 주변을 앞뒤로 10회씩 돌려 주기.

⑧ 광대뼈에서 코 부분까지 꾹꾹 눌러 지압하기.

⑨ 손바닥을 코 옆에 붙이고 목뒤로 쓸듯 밀어 주기(10회).

수학여행 D-1

# 합법적 외박! 그 달콤한 일탈

집을 떠나 친구들과 함께 1박 2일을 하는 기쁨은 새로운 일탈의 기분을 안겨 주지. 물론 나는 '하늘이 무너져도 아침은 먹고 등교, 잠은 집에서!'라며 강력한 가훈의 기운을 폴폴 풍기는 엄마의 잔소리 덕분에 단 한 번도 친구네 집에 가서 자 본 적이 없어. 해 볼 수가 없었지. 한 번쯤은 친구들과 야식을 먹어 가면서 밤새 수다 떨고 자고 싶었는데, 그걸 단 한 번도 허락해 주시지 않더라고. 당연하지. 우리끼리 모여 있으면, 알잖아, 호기심을 핑계 삼아 온갖 못된 짓들은 골라서 하게 되니까. 엄마도 학창 시절을 보냈으니까 아마 다 알았을 거야. 어쩌면 경험했을

지도 모르고.

그러니 나에겐 수학여행이 다른 의미로 다가왔지. 친구들과 함께 가는 여행이라는 의미뿐 아니라 친구들과 할 수 있는 합법적 외박이라는 의미가 덧붙은 거야. 더구나 늘 가던 곳이 아닌 낯선 곳으로 떠난다는 것은 호기심 충만한 내 말초 신경을 자극하기에 충분했지. 수학여행지는 언제나 뻔한 경주였지만 나에게 장소가 중요한 건 아니었어. 그저 친구들과 밤새 떠들고 놀 수 있는 공간과 공적으로 허락된 시간만이 필요했을 뿐.

수학여행 당일 아침. 학교 앞에는 버스가 줄지어 서 있었지. 반에 배정된 버스에 짐을 싣고 출발하려는데, 갑자기 선생님께서 소지품 검사를 하신다는 거야. "아, 진짜! 무슨 수학여행 가는 날에 소지품 검사야."라며 다들 툴툴거렸지.

사실 수학여행 가는데 뭔가 일탈의 즐거움을 누려야 하지 않겠냐고 친구들끼리 모의를 하긴 했어. 다들 어디서 들은 건 있어서 "수학여행에는 술이 있어야지." "학교 앞 모퉁이 작은 슈퍼마켓에 가면 맥주를 판대." 하는 대화가 무성했지만, 어느 누구도 용기 내어 실행할 의지가 없던 탓에 우리 계획은 모두 수포로 돌아갔지. 친구들 중에는 립스틱 같은 화장품을 가져온 친구들도 있었는데, 선생님도 그런 정도는 기분 좀 내는 것으로 이해하고 넘어가셔서 검열 대상에서 제외됐어. 선생님들의 목표는 '숨겨진 술을 찾아라!' 정도?

소지품 검사가 끝날 즈음이었지. 마지막에 5명 앉는 그 자리 있잖아. 그 자리가 사실 대부분 반에서 좀 논다 하는 애들이 앉는 자리잖아. 그런데 갑자기 웅성대는 소리가 들리더니 선생님이 두 손 가득 페트병을 들고 나오시는 거야. 그 무렵 유행하던 '2% 부족할 때'라는 복숭아 맛 음료수더라고. 우리 반에 좀 논다는 애들이 그 음료수를 사서 다 마시고는 거기에 소주를 부어 온 거 있지? 깡도 대단하지. 노력과 정성, 칭찬받을 만해. 그 전날 하나하나 공들여 넣은 거 아니야. 물론 그 투명 페트병을 보고 직감적으로 '이건 소주다!' 눈치챈 선생님은 더 대단하시지. 사심이 있으셨나? 맛도 직접 보시더라. 전부 뺏겼지, 뭐. 그래도 수학여행 가는 기분 좋은 날이어서 그랬는지 심하게 혼내지는 않으셨어. 결국 우리는 사이다 콜라를 마시며 수다의 장을 열었지. "콜라만 마셨는데도 취하는 것 같아." 이렇게 헛소리하는 친구도 있더라. 그래, 우리의 이 일탈이 취한 느낌만큼 헤롱거리고 기분 좋았던 건 맞아.

둘째 날. 경주의 불국사 · 석굴암 · 안압지를 둘러보며 우리는 역사를 배우고 느끼고 그 흔적을 보는 듯했지만 사실은 젯밥에 관심이 더 있었던 걸로. 댄스파티 열리는 레크리에이션 시간을 기다렸고, 소등되고 나서 친구들과 선생님 몰래 일탈하는 계획을 세웠지. 마침 같은 숙소 한 층 위에 다른 학교 남학생들이 수학여행을 왔다네? 이런 기회는 또 놓치면 안 되잖아.

로미오와 줄리엣도 아닌데 창문을 열어 교신하며 선생님들이 잠들면 밤늦게 만나서 놀자는 약속을 잡고 행동으로 옮겼으나 복도에서 잠복하고 있던 선생님한테 걸려서 밤에 잠도 못 자고 단체 기합만 받았다는 슬픈 이야기. 왠지 수학여행 때는 로맨틱한 에피소드 하나둘쯤은 생기지 않을까 기대했어. 그러나 선생님들의 철벽 방어 덕분에 정말 경주를 온몸으로 느끼고, 친구들이랑 방에서 이불 뒤집어쓰고서 수다만 떨다 왔지 뭐. 그래도 친구들과 보낸 하룻밤은 (기합으로 얼룩졌지만) 꽤 달콤했어.

가끔 수학여행 사진을 들여다볼 때가 있어. 그때의 치기 어린 행동들이 생각나면서 풋! 웃음이 나오지. 모든 계획은 실패했지만 나에게는 그마저도 재미있는 추억으로 남았거든. 수학여행 때 일탈을 꿈꾼다면 조금 더 철저하길. 그리고 우리 머리 꼭대기에 올라가 있는 선생님들이 여러 경우의 수를 계산하여 밤에는 숙소 복도에서 불침번을 서신다는 사실도 잊지 마. 학생이라는 범위 안에서 허용될 수 있는 것들이라면 그런 종류의 일탈은 조금 괜찮은 걸로.

# 코인 노래방

수학여행 가면 보통 장기 자랑 시간이 있잖아. 친구가 남자 중학교를 다녔는데, 유독 그 반에서는 앞에 나서서 뭘 하겠다는 애가 한 명도 없었다는 군. 그래서 가위바위보를 하기로 했대. 지는 사람이 무조건 나가서 뭐든 하기. 근데 하필이면 평소에 말 한마디 없는 친구가 딱 걸린 거야. 영예의 1인으로.

1반에서는 노래 좀 한다는 애가 나와 강당을 뒤흔들어 놓았어. 2반에서는 좀 웃긴다는 애가 나와 〈개그 콘서트〉에 나올 법한 콩트를 하면서 끼를 뽐냈지. 3반에서는 춤 좀 춘다는 아이들이 나와 군무로 분위기를 압도했고. 드디어 영예의 1인 차례. 할 줄 아는 게 없던 그 친구는 자기가 가장 잘 할 수 있는 것을 곰곰이 생각했대. 근데 맨날 공부 시간에 출석부로 머리를 맞던 게 떠오른 거지. "책 하나는 기가 막히게 잘 돌리네." 공부 시간에 계속 주의를 흩뜨리며 책 돌리던 그 친구를 혼내면서 선생님이 그러셨다는 거야.

그래서? 말주변 없는 그 친구는 쭈뼛거리며 인사하더니 식당에서 빌려온 쟁반을 아무 말도 없이 무표정한 얼굴로 계속 돌렸대. 처음 몇 초 동안은 "우아!" 이런 반응이 나왔지만, 째깍째깍 시간이 흐를수록 친구들 표정과 강당 분위기는 걷잡을 수 없을 지경이 됐다지 뭐야. 차라리 노래나 불렀으면 그 정도까지 가진 않았을 텐데. 수학여행 이후 그 친구는 진지하게 전학을 고민했대.

우리가 그 영예의 1인이 될지 안 될지는 모르는 일이야. 우리는 아무것도 결정되지 않은 혼돈의 세계에 살고 있으니까. 그럴 때 아무 말 없이 쟁반만 돌리기보다는 잘 부르든 못 부르든 친구들이 좋아하는 노래를 질러 주는 게 분위기 살리는 데 훨씬 일조하지 않을까? 그러려면 선곡이 필수고 연습이 필요해. 방에서 큰 소리로 부르고 있다간 엄마의 눈총을 받을지도 몰라. 이웃들의 항의를 받을지도 모르고. 그래, 그러니까 코인 노래방을 이용해 보는 거야.

혼자 가도 전혀 뻘쭘하지 않고 남의 눈치 보지 않고 맘껏 노래 부를 수 있는 코인 노래방. 게다가 가격이 싸니까 부담 없고, 마이크 쟁탈전 없이 오롯이 나 혼자만 즐길 수 있으니까 정말 좋지. 선곡도 혼자 천천히 해 보고 이 노래 저 노래 불러 보는 거야. 그러다 보면 스트레스도 풀리고, 기분도 좋아지고, 이상한 자신감도 얻게 될 거야. 그리고 '오, 좀 괜찮은데?' 하고 자뻑에 젖을지도. 그래서 다음 날 어쩌면 나도 모르게 장기자랑에 나가는 용기를 낼지도. 미처 몰랐던 내 모습을 발견할지도 모르니 기대하라고.

수학여행 장기 자랑을 준비하며 마주하게 된 코인 노래방에서의 시간. 뭘 해낸다기보다는 수학여행 핑계 삼아 목청껏 노래 부르면서 스트레스 풀어 보자고. 또 다른 나만의 놀이가 될 수 있지 않을까?

## 달밤 체조

수학여행 가서 혹시라도 노래 한 곡 뽑을 수 있으니, 고운 목소리를 내도록 목 근육을 풀어 볼까 해. 긴장해서 목이 뻣뻣해지면 안 되니까. 평소 거북목 예방에도 무척 도움 되는 운동이니까 알아 두면 좋을 거야. 무지 간단해!

❶ 앉은 자세에서 고개를 뒤로 젖히고 2분간 그대로 있기.

❷ 왼손을 머리 위에 대고 왼쪽으로 젖힌 뒤 10초 동안 지그시 눌러 주기. 반대쪽도 같은 방법으로 반복.

❸ 두 손을 깍지 껴 뒷머리에 대고 아래로 10초 동안 눌러 주기.

스승의 날 D-1

# 내 인생의 선생님

초등학교 때 나는 무척 조용하고 소심한 아이였어. 늘 친구들 눈치를 보느라 말을 못할 때가 많았고 감정의 기복이 커서 사고를 친 적도 있었어. 짝꿍이 마음에 들지 않아 책상 한가운데에 줄을 긋고 "넘어오면 알아서 해." 했지. 그런데 남자 짝꿍이 장난을 치면서 손을 줄 위로 넘어왔다 넘어가고 그러지 뭐야. 소심하면서도 감정을 잘 자제하지 못했던 나는 필통으로 짝꿍 손을 내리쳤지. 결국 엄마는 학교로 소환. 연신 머리를 조아리며 죄송하다고 말씀하셨어. 어려서 잘 몰랐어. 그게 엄청나게

잘못한 일이라는 것을. 그저 내 감정에 충실했다고만 생각했거든. 공감 능력도 제로였지.

그러던 나에게 초등학교 2학년 때 손을 내밀어 주신 선생님이 있어. 하루는 방과 후에 혼자 남아서 숙제를 하고 있었는데, 선생님께서 같이 이야기하자면서 나에게 일대일 데이트를 신청하셨어. 보통은 교실에 있는 선생님 책상 앞에서 둘이 이야기하잖아. 그래서 왠지 혼나는 듯한 느낌이 들기도 하고 말이지. 그런데 선생님께서는 건물 앞 화단으로 나가자는 거야. 아무 거부감 없이 따라 나갔지.

까불고 수업 분위기를 망치는 학생은 아니었어. 그런데 늘 엉킨 속마음을 풀어내지 못해서 조금 어두운 얼굴을 하고 있었거든. 게다가 적극적이지도 못하고 항상 남의 눈치를 보곤 했지.

그때 선생님께서는 이렇게 말씀해 주셨어.

"디디야, 너는 더 잘할 수 있어. 선생님은 네가 용기 내서 발표도 잘할 수 있고 친구들과 더 사이좋게 지낼 수 있을 거라고 생각해. 선생님은 너를 믿어. 너를 계속 지켜봐 줄 테니 힘내."

어린 나이였는데도 "너를 믿어."라는 말이 머릿속에서 메아리쳤어. 누군가의 무한한 신뢰를 받는다는 것은 그에 대한 책임을 다해야 한다는 부담감을 주기도 해. 그렇지만 그보다 먼저 믿는 구석, 비빌 언덕이 있다는 뿌듯함에 마음이 편해지지.

그 이튿날부터 변화가 시작됐어. 무엇보다 나는 선생님 눈을 똑바로 바라보게 되었어. 선생님과 눈이 마주치면 '늘 너를 지켜볼게.' 하고 응원을 받는 것처럼 느껴졌거든. 그래서 선생님이 질문하신 뒤 나를 바라볼 때면 마치 누가 조종하기라도 하는 것처럼 내 손이 저절로 번쩍 올라갔어. 선생님의 신뢰에 용기가 생긴 거였지.

그것을 시작으로 나는 전혀 다른 아이로 변해 갔어. 소심하고 있는지 없는지 눈에 띄지 않는 아이였는데 수업에 적극적으로 참여하고 발표하면서 자신감이 붙었고, 그런 자신감에 힘입어 좀 더 활발하고 적극적인 아이로 변화한 거야. 이듬해부터는 반장을 단 한 번도 놓치지 않았어. 내 주위 사람들은 나를 신뢰하고 있다는 긍정적인 믿음이 생겼거든. 선생님의 그 따뜻한 말 한마디 덕분에.

초등학교 5학년 때는 도전을 두려워하지 않는 남자 선생님을 만났지. 어느 날 선생님께서는 나에게 "글라이더 대회에 참가해 보지 않을래?" 하고 제안하셨어. 내가 당차고 욕심이 많아 보여

서 그랬는지 생전 만들어 보지도 않고 날려 보지도 못한 글라이더를 만들고 날려 보자고 하시는 거야. "선생님, 저는 한 번도 글라이더를 만들어 본 적이 없어요."라고 말하자 선생님은 "한 달만 선생님이랑 같이 만들고 연습하자. 그러면 잘하게 될 거야. 선생님을 믿어."라고 하셨지.

한 달 뒤에 열리는 글라이더 대회를 위해 나는 글라이더 키트를 30개쯤 사서 매일 방과 후에 선생님과 함께 글라이더를 하나씩 만들었어. 지금이야 완제품으로 만들 수 있는 좋은 재료들이 잘 나와 있지만, 그때만 해도 동체 부분인 나무 막대를 바람의 저항을 덜 받고 잘 날 수 있는 각도로 직접 깎아 내고 휘어진 나무 날개는 잘 다듬어야 했어. 날개에는 한지 같은 것을 딱 맞게 오려 붙였고, 날개를 빳빳하게 만드는 방법도 배웠지. 글라이더 만드는 과정이 그렇게 복잡하고 어렵다는 건 그때 처음 알았어. 글라이더 만들 때 사용하는 강력 본드에 엄지와 집게손가락이 붙어서 커터로 살을 떼어 내기도 했고 날개의 뼈대를 구성하는 나무의 가시가 박혀 고생하기도 했지. 그런데 내가 포기하지 않은 이유는 딱 하나였어. 내 도전을 지지해 주고 잘할 수 있다고 항상 옆에서 격려해 주신 선생님 덕분이었지. 글라이더가 어떤 원리로 나는지도 모를뿐더러 전혀 관심도 없던 나에게 하나하나 가르쳐 주면서 노력하면 뭐든 할 수 있다는 것을 몸소 보여 주셨어. 드디어 나는 선생님의 도움 없이도 거의 완벽한 글라이더를 만들 수 있게 됐어. 교내 대회에서는 6학년 오빠들을 밀어내고 대상을 받아 시 대회에 학교 대표로 나갔지.

시 대회 때 나는 글라이더 만드는 부문에서 만점을 받았어. 남학생들도, 언니 오빠들도 만들기에서만큼은 나를 따라오지 못하더라고. 그런데 글라이더를 만들면서 마음이 너무 조급했던 나머지 칼로 나무를 깎다가 손을 베고 말았어. 의료 사고가 나면 감점이 컸기 때문에 나는 날개를 만들던 한지로 상처를 감싸고 그냥 넘어가려 했어. 하지만 피가 너무 많이 나서 응급처치를 받고 −10점의 벌점을 받았어. 속이 상했지. 그날따라 바람이 마구 불어서 글라이더가 내 마음처럼 바닥으로 곤두박질치더라고. 결국 장려상으로 만족해야 했지.

하지만 나는 그때 깨달았어. 내가 잘하지 못하는 분야라도 꾸준히 연습하고 노력하면 끝내 해낼 수 있다는 사실을 말이야. 덕분에 나는 지금도 도전하는 것을 두려워하지 않아. 노력은 절대 사람을 배신하지 않는다는 것도 알았고.

지금의 활발하고 도전 정신 넘치는 나는 선생님들의 따뜻한 말 한마디 덕분에 만들어졌어. 물론 나와 잘 맞지 않아 문제가 생긴 선생님들도 있고, 내가 말을 잘 듣지 않거나 나에게 실망해서 잔소리만 하던 선생님들도 있었지. 그렇지만 대부분의 선생님들은 나에게 좋은 일이 생기면 함께 기뻐해 주셨고 언제나 변함없이 응원해 주셨어. 초등학교 때 그 두 선생님은 지금 다른 지역으로 전근을 가셔서 소식은 모르지만, 또 어디선가 똑같은 우리에게 따뜻한 말을 전하고 용기를 북돋워 주고 계실거야. 분명히.

잘 생각해 보면 너에게도 고마운 선생님이 있을 거야. 그런 감사하는 마음을 전하는 날이 바로 스승의 날 아닐까 싶어. 멀리 계시면 전화 한 통으로, 가까이에 계시면 작은 꽃바구니 하나 들고 선생님을 찾아뵈면 어떨까? 감사의 마음, 존경의 마음을 듬뿍 담아서 말이야.

D-day를 위한 꿀팁

# 꽃집 가기

요즘은 김영란 법이 적용되어 학교나 기관에 선물을 하는 게 금지된다고 해. 그러니 선생님께 부담을 드리지 않고 내 마음을 전하기 위해 직접 뭔가를 만들어 보자. 바로 꽃바구니를 만드는 거지. 카네이션이야 학교 앞에서 살 수도 있지만, 그보다는 훨씬 의미 있는 꽃바구니를 직접 만드는 거야. 그렇다고 뭔가 엄청나게 다양하고 예쁜 꽃들이 어우러진 너무 거창한 꽃바구니를 떠올리지는 마. 우리는 학생이니까 소박한 게 미덕이야.

우선 꽃집에 가. 양재꽃시장 같은 곳에 가면 훨씬 싱싱하고 많은 종류의 꽃을 아주 싸게 살 수 있지만, 선생님께 드릴 꽃바구니에는 그렇게 많은 꽃이 필요하지도 않고 왔다 갔다 차비가 더 들어. 그러니 시간과 비용 낭비하지 말고 미리 물색해 둔 동네 꽃집으로 가는 거야.

그리고 꽃을 골라. 감사의 의미로 쓰여서 스승의 날, 어버이날 단골손님인 카네이션도 괜찮지만 가정의 달인 까닭에 가격이 비싸니까 꽃말을 잘 생각해 보고 다른 꽃을 고르는 거야. '깊이 감사해요.'라는 꽃말을 가진 진분홍 장미나 존경의 의미로 쓰이는 키 작은 해바라기도 무난해서 좋고, 언제나 행복하시라는 뜻을 담은 노란 장미도 좋아. 구하기 쉽고 예쁘고 가성비 좋은 녀석을 고르는 거지. 참고로, 로즈메리는 행복한 추억을 뜻한다고 해. 선생님과의 소중한 추억을 담은 꽃말이 있는 꽃을 고르는 거야. 꽃말은 인터넷에 검색해 보면 쉽게 찾을 수 있어. 그리고 미니 사각 화분이랑 물 많이 먹은 오아시스를 함께 사서 거기에 꽃을 다듬어 꽂아 주기만 하면 끝.

고마우신 선생님을 떠올리며 꽃바구니를 만드는 거지만, 꽃꽂이는 심신 안정에도 좋아. 꽃을 보고 만지고 향기를 맡다 보면 어느새 건강해지는 느낌까지 들 거야. 스트레스 해소에도 좋고 말이지. 이렇게 꽃바구니를 만들고 남는 것으로는 내 방을 꾸며도 괜찮겠지. 집 안 분위기까지 확 바꿔 주는 이중 효과. 그러니 내일이 스승의 날이라면 집 근처 꽃집에 가서 내 오감을 만족시키고 선생님께 감사하는 마음을 전할 꽃을 만나 보는 게 어떨까?

## 달밤 체조

은은한 꽃향기를 맡으며, 오늘은 명상하는 시간을 가질까 해. 모처럼 만나게 되는 선생님도 그 시절 그 모습만 같지는 않을지도 몰라. 누구에게나 시간은 속절없이 지나니까. 그래도 함께했던 그때 그 마음만큼은 변하지 않을 거야.

기말고사 D-1

# 쫄지 마, 시험 앞에

시험 전날이면 마음이 복잡하고 특별히 뭘 하는 것도 아닌데 행동 자체가 분주했던 기억이 나. 이유는 단 하나지. 시험에 대비한 공부 계획은 세워 놨지만 제대로 실행하지 못했으니까. '족집게 선생님이 나타나서 내일 시험 문제를 콕 집어 주면 얼마나 좋을까?' 하는 얼토당토않은 바람만 이어졌어.

당장 내일이 시험인데 어디부터 어떻게 시작해야 할지 좀체 감을 못 잡겠더라고. 시험 범위를 처음부터 공부하자니 너무 막막해. 그렇다고 손을 놓아 버리기에는 학생으로서의 의무를 소홀히 하는 것 같고. 무엇보다 시험을 못 보는 건 그냥 싫잖아.

그래서 나는 현실과 타협하고 그 길을 선택했지. 바로 벼락치기. 시험의 쫄깃하고 차진 묘미는 역시 벼락치기에 있잖아!

그런데 우리 엄마는 벼락치기를 결사반대하셨어. 그렇게 한다고 성적이 잘 나올 리는 없다는 거야. 전날이라도 공부를 하겠다는데 엄마는 도대체 내 성적에 관심이나 있는 건지 궁금할 정도로 벼락치기를 말리셨어. 대신 늘 귀에 못이 박히게 말씀하셨지. 시험공부는 계획을 세워서 해야 하는 거라고. 그런 진부한 잔소리 너무 싫잖아. 들은 척도 않고 벼락치기를 감행했지.

다음 날 시험은 암기 과목이었어. 암기 과목일수록 벼락치기가 빛을 발한다는 나만의 지론이 있지. 그래서 어떻게 했을까. 시험 전에 열심히 놀았어. 왠지 발등에 불이 떨어지면 더 집중이 잘되는 듯한 그런 느낌까지 들잖아. 근데 밤 12시가 되니 무슨 신데렐라도 아니면서 엄마가 방에 들어와 "이제 그만 자라."며 불을 끄시는 거야. 딸이 공부하겠다는데도 불 끄는 엄마라니, 엄청 쿨하지? 하지만 그냥 잘 수가 없었어. 정말 이대로라면 반타작도 못할 텐데……. 걱정이 됐거든.

그래서 내가 어떻게 했는지 알아? 성적 욕심이 아예 없지는 않았던 나는 책상 서랍을 뒤져 손전등을 찾았어. 불 꺼진 방에서 교과서를 펴 놓고 손전등을 비춰 가며 시험 준비를 했어. 완전 한석봉이 따로 없지? 상상해 봐. 집중이 잘됐을까? 될 리가 없지. 환하게 불 켜 놔도 졸린 판에 어둠 속에서 손전등을 켰으니, 바로 수면등 아래에서 꿈나라로 갈 채비를 한 거였지. 그래서 어떻게 됐을까? 안 봐도 비디오. 늦게까지 책 붙들고 잠만 설친 덕분에 시험 잘 보는 건 물 건너갔고, 그다음 날 시험 준비에까지 차질이 생겼어.

엄마가 늘 하시던 말이 맞았어. 가장 중요한 건 시험 전날의 컨디션이라는 것. '닥치고 외우기'가 주된 벼락치기도 가끔은 필요할 것 같지만, 실제로 시험 전날에는 벼락치기보다 그동안 공부한 내용을 정리하고 마음을 편안하게 유지하는 것이 훨씬 좋다는 것(물론 그러려면 계획했던 대로 시험 준비를 차근차근 해야겠지만).

시험 시작하기 직전을 한번 떠올려 봐. 나는 쉬는 시간까지 달달거리면서 이 단어 저 단어 머릿속에 넣는 것보다 콩콩대는 심장을 눈 감고 편안하게 릴렉스하는 편이 더 나았던 것 같아. 시험 그거 좀 못 보면 어때. 다음에 잘 보면 되지. 그러니 시험 앞에서 좀 더 의연해지자고. 쫄지 말고.

양궁 선수들은 시합에 나가기 전에 명상을 한다고 해. 머릿속에 과녁을 그리고, 시위를 당기고, 과녁을 향해 쏘는 거지. '화살이 천천히 과녁을 향해 날아간다. 그건 반드시 과녁 한가운데에 꽂힐 거다.'라는 마음으로 상황을 그리면서 명상에 몰입하면 자신감이 생기고 실제 시합에서도 잘할 수 있게 된대.

시험을 대하는 태도도 마찬가지일 것 같아. 시험 전날에는 뭐를 더 얻겠다고 조바심을 내기보다 긴장을 풀고 심신을 편안히 하는 게 가장 중요하다고 생각해. 나는 시험 전날이면 괜히 예민해져서 긴장되고 두근거릴 때가 많았어. 잠도 푹 못 자고. 그러다 보면 시험 볼 때 컨디션에도 큰 영향을 받을 수 있잖아.

그럴 땐 눈을 살짝 감아 봐. 사람은 눈을 감는 것만으로도 몸과 뇌가 편안해지고 어느 정도 수면 효과를 얻을 수 있대. 실제로 눈을 감기만 해도 REM수면에 가까운 알파파로 전환된다는 연구 결과도 있다고. 눈을 감고 편안한 마음을 유지하면서, 공부한 내용들을 머릿속으로 확인하며 양궁 선수들처럼 내가 원하는 상황에 몰입하는 휴식을 취해 보면 어떨까? 분명 벼락치기와는 다른 느낌으로 시험과 만날 수 있지 않을까?

# 시험에 대처하는 나만의 피그말리온 공식 만들기

예전에 누가 그냥 지나가면서 한 말이 있었어. 시험 전날 시험 치르는 과목의 교과서나 문제집을 베개 속에 넣고 자면 자는 동안 그 책의 내용이 머릿속으로 쏙 들어간다는 거야. 완전 허무맹랑하지? 말도 안 되지? 그런 방법이 통한다면 시험 못 볼 사람이 어디 있겠어!

그런데 아무리 생각해도 이 말도 안 되는 행동을 어느 순간 내가 하고 있는 거야. 자기 전에 베갯잇을 정리하고 그 밑에 교과서들을 쫙~ 깔았어. 그러면 아침에 일어났을 때 마음이 편안하더라. '책 내용이 내 머릿속에 쏙 들어갔겠지?'라는 말도 안 되는 믿음을 그대로 받아들이면서 말이지. 왠지 그 행동에 대한 기대감이 들고 마음까지 편해지더라니까.

긍정적인 기대나 관심은 사람에게 좋은 영향을 끼친다고 해. 그걸 피그말리온 효과라고 하지. 자기 충족적 예언이라고도 하는데, 나도 이 효과로 어느 정도 마음의 안정을 얻었던 거지. 이처럼 긍정적인 생각이 긍정적인 결과를 불러오는 것 같다는 게 내 결론이야.

그러니까 시험에 대비하면서 자기 마음을 편하게 할 수 있는 행동을 하나씩 마련하면 어떨까? 내가 한 것처럼 '베개에 교과서를 깔고 자면 머릿속에 다 들어올 거야!' 이렇게 말이 안 돼도 상관없어. 나만 알고 있는 나만의 주문이니까.

## 달밤 체조

시험공부 한다고 화장실 갈 시간도 아껴 가며 의자에 엉덩이 붙이고 있는 건 아니지? 한 자세로 너무 오래 있어도 몸에 좋지 않아. 자, 의자에 앉아서 할 수 있는 간단한 운동을 함께 해 보자. 이렇게 몸 풀며 공부해야 집중력도 더 높아져.

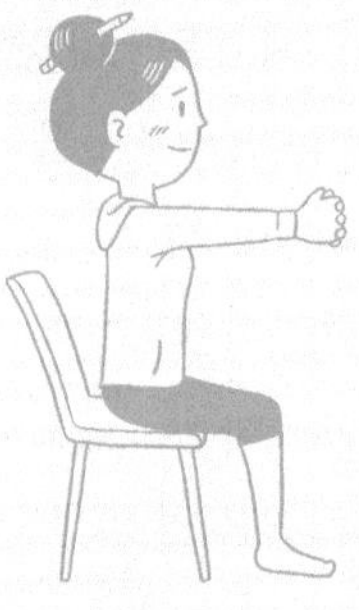

❶ 두 팔을 앞으로 쭉 뻗고 양손에 깍지 끼기.

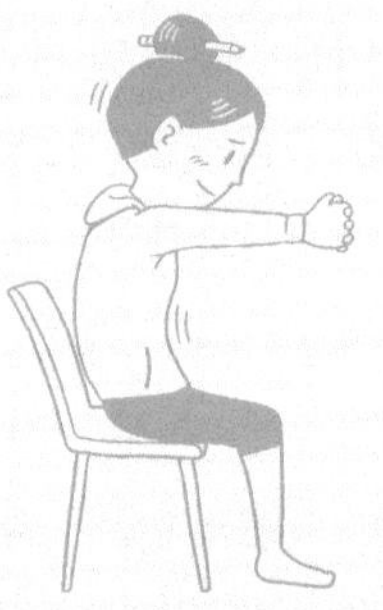

❷ 등을 둥글게 말면서 목과 양팔을 늘여 주기.

방학식 D-1

# 기대해도 좋은 일상 만들기

문제를 하나 내 볼게.

다음의 다섯 단어에서 공통으로 연상되는 것은 무엇일까?

| | | | | |
|---|---|---|---|---|
| 휴식 | 숙제 | 보충 수업 | 학원 | 여행 |

바로 '방학'이야. 방학은 학교생활에 지친 우리에게 주는 휴식 기간이야. 아이러니하게도 방학 숙제는 넘쳐나고, 보충 수업이라는 명목으로 학교에 가기도 하며, 학교에 가지 않는 시간의 공백을 메우기 위해 우리는 학원이라는 삭막한 곳에서 더 많은

시간을 보내게 되지. 뭐, 아주 가끔 가족들과 여행을 가기도 해. 학년이 높아질수록 입시 준비 때문에 그마저도 힘들어지겠지만.

이렇게 보니 우리의 방학이 정말 서글프기 그지없네. 하지만 그나마 우리에게 주어진 여유 넘치는 시간이기에 이 시간을 어떻게 잘 활용할지 계획하는 것이 아주 중요하다고 생각해.

초등학교 때, 방학식 전날 하얀 도화지에 컴퍼스로 동그란 원을 그리고 몇 개의 부채꼴로 나누며 계획표 짜던 거 혹시 기억나? 내가 만든 그 계획표에서 빠지지 않았던 것은 바로 피아노 치기와 독서, 그리고 『탐구 생활』(방학 숙제) 하기였어.

그렇게 계획표를 짜서 무언가를 해 보겠다고 다짐하다 보니 초등학생이었음에도 하루하루 시간을 굉장히 알차게 보내게 되더라고. 물론 매일 계획을 100퍼센트 실천하지는 못했지만 말이야. 그리고 계획을 세움으로써 변해 가는 일상의 내 모습이 하나둘씩 눈에 들어왔어. 아무 계획 없이 살다 보면 내가 바라지 않는 모습으로 살게 될지 모른다는 확신을 얻기도 했고.

초등학교 때부터 만든 방학 생활 계획표를 시작으로 나는 계획 집착녀가 되었지. 나중에는 생활 계획표에서 한 단계 높은 방학용 버킷 리스트를 만들었어. 단어가 생소하고 거창하게 느

이번 여름에는 수영 등록부터!
근데 수영장 옆에 떡볶이집 되게
맛있던데. 흐흐~

껴질지 모르겠는데…… 우리가 사고 싶은 물건을 적어 놓은 목록을 위시리스트라고 하잖아. 방학용 버킷 리스트는 방학이 끝나기 전에 꼭 해야 할 일이나 이루고 싶은 목록이라고 생각하면 편해. 방학은 긴 시간이라고 할 수 있는데, 아무 생각 없이 보내다 보면 그렇게 후딱 지나 버리고 마는 시간도 없더라고. 그래서 그 시간을 좀 더 효율적으로 보내고 내 앞날에 도움을 주는 방향을 잡고 싶어서 방학용 버킷 리스트를 적기 시작했지.

나는 공부 욕심이 많았기 때문에 버킷 리스트에는 학습과 관련된 내용이 많았지만, 수영처럼 방학 때만 가능한 계획도 넣었어. 아, 만화책 읽기도. 그게 무슨 계획씩이나 되냐고?

내가 세계사를 참 좋아했는데, 시중에 나와 있는 세계사 책은 중학생이 보기에 조금 어렵고 쉽게 읽히지가 않더라고. 그래서 어렸을 때 만화로 엮은 세계사 책을 보면서 세계 역사에 느낀 흥미를 그대로 간직하고 싶어 방학 때면 다시 읽곤 했거든. 이원복의 『먼 나라 이웃나라』 시리즈는 정말 방학마다 닳도록 봤는데 그게 나에게는 휴식이 되더라고. '뭔가 해내겠어.' 하는 거창한 목표들은 아니었어. 다만 방학 동안 시간을 알차게 즐기면서 나 스스로에게도 즐거움과 만족감을 주는 목표들을 하나씩 종이 위에 담았던 거지.

단순히 만화책 보는 것도 목표로 삼으니까 어땠는지 알아? 목록에 올린 목표들을 날마다 들여다보며 나의 일상을 고민하게 되었고, 내가 나의 삶을 스스로 만들어 간다는 느낌이 강해지더라. 내 삶의 주인공이 되자는 말 많이 하잖아. 엄청 진부한 표현이라고만 여겼는데, 딱 그렇게 만들어 주더라니까. 스스로 일상의 계획을 짜고, 계획에 따라 보내는 삶에 스스로 책임을 지고, 그런 일상에서 성취감을 얻고 자존감을 키울 수 있게 되더라는 거지.

정말 손쉬운 목록 작성만으로도 방학을 알차게 설계할 수 있는 것은 물론이요, 일상에 대한 보람까지 느끼게 해 준 버킷 리스트라니, 한번 도전해 볼 만하지 않아? 방학 전날, 방학 때 어떻게 놀까부터 고민(하는 것도 중요하지만)하지 말고 시간을 더 생산적으로 활용할 수 있게끔 계획을 세워보는 건 어떨까?

> 시간은 '지금'을 어디로 데려갈지 모른다. 분명한 것은 지금의 이 순간을 또 다른 어딘가로 안내해 준다는 것이다. 스스로가 그 시간을 놓지 않는다면.
>
> \- 김선영, 『시간을 파는 상점』 중에서

이번 방학에는 어떤 버킷 리스트로 나의 삶을 가득 채우고 내 시간에 주인이 되어 볼지 고민해 보자. 그러다 보면 불투명한 미래의 길이 어렴풋이나마 보일지도 몰라. 그리고 시간을 조금 더 보람되게 보낼 수 있을 거야. 한 달 뒤에 달라진 나의 모습? 그건 발견하기 힘들지도 몰라. 버킷 리스트 하나 만들었다고 그렇게 짧은 시간 안에 모든 게 달라진다면 너나 할 것 없이 맨날 버킷 리스트를 끼적거리고 있겠지. 그렇지만 자기 일상에 대한 만족도는 분명 높아지고, 앞으로 어떤 방향으로 나아가면 좋을지 충분히 고민할 수 있을 거야. 일상에 대한 고민, 그리고 그 고민과 함께 천천히 '나'에 대한 고민을 깊이 있게 하게 된다면 우리는 좀 더 나은 내일을 맞이할 수 있지 않을까?

# 버킷 리스트 만들기

앞에서도 소개했듯 버킷 리스트란 죽기 전에 꼭 하고 싶은 일들을 적은 목록을 말해. 〈버킷 리스트〉라는 영화를 통해 사람들 사이에 더 많이 회자되었지. 시한부 인생을 사는 두 남자가 서로 의지하며 삶을 버티던 중 버킷 리스트를 떠올리고 남은 인생 동안 하고 싶은 일을 이루기 위해 병실을 떠나서 카 레이싱, 스카이다이빙 등에 도전하면서 인생의 기쁨과 의미를 찾는다는 내용이야.

죽음 앞에서 달성하는 목표라고 하니 왠지 비장한 느낌을 자아내지만, 사실은 그렇게 거창한 게 아니야. 자기가 사고 싶은 물건을 수첩에 줄줄 써 놓은 적이 있을 거야. 바로 그것처럼 일상에서 이루고 싶은 목표를 하나씩 세우는 거야. 다만 초등학교 때처럼 컴퍼스로 동그라미를 그리는 수준에서 벗어나 나름대로의 우선순위를 정해 놓고 방학 동안의 목표를 세워 보는 거지. "한문 5급 자격증을 따 보겠어." 이런 목표를 세울 수도 있고, "방학 동안 살은 빼고 근육을 키워 보자." 이런 목표를 세워 볼 수도 있어.

목표는 아주 사소하면서 쉬운 것부터 시작하는 게 좋아. 그래야 이루었을 때의 성취감을 맛볼 수 있으니까. 너무 거창하고 어려운 목표를 세우면 좌절하거나 포기하기 쉽거든. 그리고 벅찬 목표가 꼭 훌륭한 목표는 아니야. 그 목표를 이루어서 훌륭한 게 아니라, 소소한 목표라도 성취해 내기 위해 노력하는 마음가짐 자체가 "그뤠잇!"이니까.

그러니 아주 소소한 목표를 중심으로 우리의 버킷 리스트를 만들어 가야 해. 이게 바로 필수 조건이야. 그리고 목표는 다다익선이지. 많으면 많을수록 좋아. 그러면 그중 하나쯤을 위해서는 노력하게 될 테니까 동기 부여에 좋다는 거지. 아무리 사소해 보이는 목표일지라도 하나씩 성취해 갈 때마다 나에게 멋지게 보답해 주는 것도 잊지 말고.

아래의 표는 내가 버킷 리스트에 올렸던 내용이야. 중3 겨울방학을 책임졌던 목록이지. 나는 네가 이번 방학에 어떤 목표를 세울지 정말 궁금해. 이번 방학을 멋지게 보낼 수 있는 목록을 가벼운 마음으로 한번 적어 보면 어떨까?

| ex) | | | |
|---|---|---|---|
| EBS 강의 정주행 | ☐ | ............ | ☐ |
| 2학기 수학 선행하기 | ☐ | ............ | ☐ |
| 먼 나라 이웃 나라 읽기 | ☐ | ............ | ☐ |
| 배영 배우기 | ☐ | ............ | ☐ |
| 고전 1권 읽기 | ☐ | ............ | ☐ |
| 체중 -2kg 빼기 | ☐ | ............ | ☐ |

## 달밤 체조

나만의 방학용 버킷 리스트를 곰곰 생각하면서 쉽게 할 만한 운동을 소개할게. '저게 운동이야?' 싶을 만큼 간단해 보이지? 근데 2분간 저 자세를 유지하는 게 생각보다는 만만치 않더라. 사실, 세상 일이 다 그렇지 않겠어? 같이 힘내자!

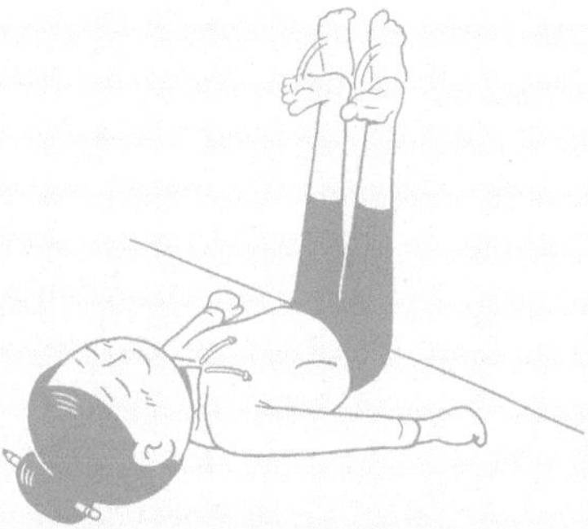

❶ 바르게 누운 상태에서 무릎을 펴고 다리를 벽에 기대어 올리기.
❷ 베개를 머리 밑에 두어도 좋아. 숨을 들이마시면서 발목을 90도로 당기기.
❸ 숨을 내쉬면서 발끝을 쭉 뻗고, 다시 숨을 깊게 마시면서 시작 자세로 돌아가기.
이 동작들을 10회 반복하면 굿!

# 2부

# 으라차차 2학기

진로 체험 D-1

# 내가 좋아하는 일 찾아보기

진로를 생각해 본 적 있어? 책에서는 적성이나 꿈을 잘 알고 있어야 뚜렷한 목표가 생기고, 그 꿈을 위해 노력할 수 있다고들 하잖아. 나는 어릴 때부터 다양한 직업을 간접으로 체험(?)하곤 했어. 내가 드라마광(狂)이었어든. 드라마 보면서 감정이 이입된 나머지 눈물 줄줄 흘리고 코를 팽 푸는 애, 바로 나였거든. 오빠는 그러는 나를 "쯧쯧쯧" 혀를 차며 한심하다는 투로 바라봤었지(역시 감정이라곤 눈곱만치도 없다니까, 흥!). 그러다 보니 주인공들의 직업을 소재로 삼은 드라마를 보면서 자연스럽게 간접 경험을 했던 거지. 물론 직업의 화려하고 매력적인 점만을 내세워

너무 미화한 경우가 많은 탓에 전부 동경하게 되었다는 게 함정이지만.

경찰이 주인공인 드라마에서는 몹시 위험한 순간에 멋지게 대처하는 주인공이 멋져 보이는 거야. 경찰대에 가야겠다고 마음먹었지. 파일럿이 주인공인 드라마를 보면 비행기 한 번 타 보지 않은 내가 하늘을 나는 파일럿이 되고 싶어졌어. 내 생활기록부 장래 희망 칸을 보면 해마다 바뀌는데, 그마저 공통점이 하나도 없어. 중학교 3학년 때 의학 드라마가 유행하던 시절에는 의사라는 직업을 꿈꾸기도 했지. 드라마를 통해서였지만 이런저런 직업을 조금씩 알게 되면서 호기심이 생기고, 그 호기심이 관심으로 이어지더라.

밑도 끝도 없이 이랬다저랬다 하는 것은 문제일 수 있어. 그래도 여러 가지 직업에 대해 잘 알아 두면 어떤 직업을 선택하고 포기하는 과정을 거치면서 내 적성을 파악할 수 있다는 점에서 진로 선택에 많은 도움이 된다고 생각해. 따라서 직접적인 진로 체험은 우리에게 아주 소중한 시간임에 틀림없지.

나의 첫 진로 체험은 대학생 선배 언니와 함께한 대학교 투어였어. 고등학교 1학년 때 내 꿈은 펀드 매니저였어. 그때만 해도 아주 생소한 직업이었는데, 학교에 오는 진로 관련 대학 신문을 보고 그런 직업이 있다는 것을 알게 됐어. 대학생인 선배들이 직업과 관련된 각 학과를 설명해 주는 거였거든. 펀드매니저라는 직업에 관한 보편적인 이야기, 취업은 어떻게 하며, 어떤 적성을 가진 학생이 취업하면 좋은지 읽다 보니 그 직업에 대한 묘한 동경이 생기는 거야.

그래서 담임 선생님과 개인 상담을 할 때 말씀드렸더니 도전적이고 진취적이며 논리적으로 분석을 잘하니 나에게 어울리는 직업이라며 격려해 주셨지. 마침 그때 우리 학교를 졸업한 선배가 담임 선생님을 뵈러 왔는데, 선생님의 배려로 그 선배를 일대일로 만나게 되었어.

적극적으로 질문하는 모습이 맘에 들었는지 선배 언니는 내가 동경하던 그 대학교 캠퍼스로 나를 초대해 주었지. 캠퍼스를 거닐며 학과 이야기를 나누고 직업과 관련된 동아리를 방문하고……. 나에게는 정말 색다른 경험이었어. 캠퍼스 방문도 재미있었지만 그 직업에 폭발적인 흥미가 생겼다고나 할까. 그리고 그 목표를 이루기 위해 새로운 목표를 구체적으로 세우기 시작했어.

이렇게 진로에 관심을 기울이는 것은 늘 발전하기 위해 노력하는 더 나은 일상을 위해서도, 미래의 방향을 좀 더 구체적으로 잡아 가는 데에도 아주 중요한 거야. 구체적인 목표가 생기니까 공부해야 하는 당위성에도 고개가 끄덕여지더라. 공부 욕심도 많이 생기고 말이지. 공부 동기 부여 효과는 엄마 잔소리보다 100배쯤 큰 걸로.

좋은 대학을 나왔다고 성공하는 시대는 이미 지나갔어. 이제는 자기가 하고 싶은 일을 잘 찾아내서 얼마나 잘 해내느냐가 중요한 시대야. 주변에 보면 남들이 좋다고 하는 대학에 들어갔지만 적성에 맞지 않아 그만두고 다시 공부해서 자기가 좋아하는 학과에 들어가는 언니 오빠들 있잖아.

우리 오빠도 그랬단다. 공부를 정말 잘해서 모든 이의 기대를 한 몸에 받은 오빠는 남들은 성적이 모자라서 못 가는 의대에 들어갔지만, 적성에 맞지 않았던 거야. 오빠가 전공 시험을 준비하면서 한숨을 내쉬던 모습이 아직도 기억나. 결국 시간은 시간대로, 돈은 돈대로 낭비하고 말았지. 적성을 제대로 찾지 않고 남들이 좋다는 직업을 좇는 바람에 시행착오를 톡톡히 겪은 경우야.

요즘엔 나이 서른이 되어도 자기가 뭘 잘하는지 무엇을 하고 싶은지 전혀 모르는 어른도 많대. 그래서 이 직장 저 직장 옮겨 다니게 되는데, 이게 바로 학창 시절에 자기 적성을 파악하지 못한 채 남들 이야기만 듣고 진로를 정한 탓이야. 그러니까 우리가 정말 좋아하는 것, 잘할 수 있는 것을 지금 찾아내는 게 성적을 잘 받는 것보다도 훨씬 중요해. 그래서 진로 체험이 공부만큼, 아니 그보다 더 중요한 거지.

진로 체험은 내가 평소 눈여겨본 직업을 구체적으로 알아 가는 시간이야. 하루 동안의 짧은 체험 활동이지만, 그 시간이 나의 미래를 그려 줄 수도 있으니까 의미를 부여하기에 충분한 시간이라고 생각해. 또한 날마다 마련되는 시간이 아니니까 평소 관심 있던 분야를 신중하게 생각해 보는 시간이 필요하고. 진로 체험을 하러 간다고 해서 아무 생각 없이 두 손 두 발 힘차게 흔들며 놀러 갈 게 아니라, 이왕이면 그 직업과 관련된 책들도 한번 훑어보고 가면 그 직업에 한 발짝 더 다가간 느낌이 들 거야. 아는 만큼 보이는 것이고, 관심을 쏟는 만큼 나에게는 그 체험 시간이 의미 있게 다가올 테니까.

# 진로 탐색 카드놀이

요즘은 진로를 워낙 중요하게 다루니까 직업 가치관이라든가 나의 강점과 관련된 직업을 찾는 카드놀이가 시중에 많이 나와 있어. 그러니 내일 진로 체험에 앞서 친한 친구들과 간단하게 카드놀이를 하면서 직업에 대해 알아보고 자신의 직업 유형도 파악하면서 직업에 대한 이해도를 높인다면 진로 체험이 훨씬 의미 있어질 거야.

가장 대표적인 진로 탐색 카드놀이는 직업 카드를 가지고 하는 거야. 미국의 진로 심리학자 홀랜드가 정의한 '홀랜드 유형'에 따라 정리한 직업 카드가 대표적인데, 그 카드에는 약 90가지 직업이 하는 일과 되는 길, 관련 학과와 적성 같은 내용으로 정리되어 있어. 친구들과 카드를 돌려 가면서 적성에 맞는 카드를 하나둘씩 모으며 자기 적성이나 흥미를 반영한 직업을 나열해 보면 자신의 진로가 어떤 방향으로 나아가야 할지 어느 정도 방향이 잡힐 거야. 따분하게 진로 관련 책을 읽는 것보다는 훨씬 머리에 쏙쏙 들어올걸? 게다가 좋아하는 친구들과 함께하는 시간이니까 즐거운 마음으로 참여할 수 있고. 친구들과 함께 서로의 객관적인 진로를 평가해 보면 더 의미 있겠지. 홀랜드 유형은 크게 6가지 타입으로 이루어져 있어.

직업에 관한 충분한 이해를 거쳤다면 친구들과 함께 상상력을 발휘해서 미래에 생겨날 직업 카드를 만들어 보자. 카드 크기로 자른 종이와 연필만

## 〈홀랜드 유형〉

### 현장형

사물 다루는 일을 좋아하며 혼자 하는 일을 좋아함

### 탐구형

과학적이고 학문적인 활동을 좋아함

### 예술형

상상력이 풍부하고 창의적이며 개방적이고 독창적임

### 사회형

타인의 신체적·정신적·정서적 안정을 향상시키는 일에 만족함

### 진취형

지도력을 갖고 도전과 책임을 다하는 활동을 즐김

### 관습형

정확하고 세밀하게 처리하는 일을 잘함

있으면 끝. 앞에서 언급한 직업 카드처럼 앞쪽에는 직업 이름을, 뒤쪽에는 하는 일이나 관련 학과, 적성을 아는 대로 써 봐도 좋을 것 같아.

급변하는 시대에 미래의 새로운 직업과 유망 직업을 다시 한 번 생각해 볼 수 있고, 그렇게 되려면 어떤 자질을 갖춰야 하는지 서로 의견을 나눠 볼 수 있겠지. 미래의 직업 세계가 어떻게 변화할지 예측하다 보면 자신의 장래 희망 직업을 선택하는 데도 도움이 되거든.

### 하나 더!

직업 심리 검사를 받아 보고 싶다면 아래 소개하는 사이트를 이용하면 돼. 이들 사이트에서 무료로 제공하는 직업 심리 검사를 통해 자기가 6가지 홀랜드 유형 중 어느 타입에 해당하는지 알 수 있어. 자기 성격에 어울리는 직업을 미리 알아볼 수 있는 좋은 기회가 될 거야.

1. 진로정보망 커리어넷 www.career.go.kr
2. 워크넷 www.work.go.kr
3. 진로진학정보센터 www.jinhak.or.kr

# 달밤 체조

나에게 어울리는 직업이 뭘까, 좋아하는 일을 잘할 수 있을까, 그런데 좋아하는 일이라는 게 과연 무엇일까……. 꼬리에 꼬리를 물고 이어지는 생각을 멈추고, 몸에 집중하는 시간을 갖자. 머리부터 발끝까지, 바짝 힘내서 운동하다 보면 머릿속이 한결 맑아질 거야.

① 허리를 곧게 펴고 정면 바라보기.
② 무릎 굽히고 상체를 숙여 바닥에 양손을 닿게 하기.
③ 양발을 뒤쪽으로 점프하듯 쭉 뻗기.
④ 다시 무릎을 가슴까지 당겨 2번 자세 만들기.
⑤ 일어서면서 머리 위로 손뼉 치기. 이 동작들을 반복하며 횟수를 늘려 가자.

### 영어 듣기 평가 D-1

# 깜지의 새로운 발견

누구에게나 취약한 과목이라는 게 있지. 나는 미술을 너무너무 못했어. 손이 곰손인 거야. 명암은 분명 이렇게 주는 거라고 선생님이 설명하셨는데도 나는 다른 곳에 4B 연필을 그어 대고 있었지.

그렇지만 미술 시간이 힘들지는 않았어. 따분한 교과서 펴 놓고 일률적으로 외우거나 머리를 쥐어짜 내지 않고 그냥 내 맘대로 해도 '창의력'과 '상상력'이라는 말로 아름답게 포장되는 시간이었으니까. 그래서 곰손의 활약이 가끔은 빛나 보이는 때도 있었지.

그런데 나는 영어 듣기 평가 시간이 정말 싫었어. 싫어했으니 점수는 당연히 바닥이었고. 교실에 앉아 있으면서 지구를 벗어나고 싶다고 생각해 본 건 영어 듣기 평가 시간이 유일해. 사실 영어 독해야 예습하거나 단어를 외우면 어느 정도 해석이 가능하잖아. 문법은 외우면 되잖아. 그런데 영어 듣기 평가는 내 귀에 예고도 없이 꽂히는 그 말이 무슨 말인지 맞혀 보라고 하니까 머릿속이 하얘지는 거야. 처음에는 내 귀가 이상한 줄 알았어. 다 들었다는데 나만 안 들리니까.

영어 듣기 평가 점수만 나오면 선생님이 나를 교무실로 부르셨어. 왜 제대로 집중해서 안 듣고 점수가 이게 뭐냐고 혼내시는 거야. 울고 싶었지.

"선생님, 안 들은 게 아니라 안 들려요."

그러니 영어 듣기 평가 전날만 되면 똥줄이 탔어.

'아, 내일은 또 어떤 문제가 나올까?'

그래서 영어 듣기 평가 점수가 좋은 친구들에게 물었어. 어떻게 하면 점수를 잘 받을 수 있느냐고. 그러자 친한 친구가 팁을 주더라고.

"전날을 공략해."

영어 듣기 평가에는 비슷한 유형의 문제가 나오니까 전날 기출문제를 몇 번 보고 들으면 좋을 거라는 거야. 비슷한 문장들을 계속해서 듣고 공부하다 보면 문제 유형에 익숙해지면서 그 문장에 집중력이 생긴다는 거지.

사실 영어 듣기 평가 때 나의 가장 큰 문제점은 안 들리는 영어 문장을 가지고 머릿속에서 스토리를 지어내며 문제를 풀고 있었다는 거야. 예를 들면 post office라는 단어가 나오지도 않았고 그런 상황도 아닌데, 나는 영어 문장을 들으면서 생뚱맞게 이건 우체국이라고 확신한다니까? 정말 황당하지.

아무튼 친구들 조언대로 기출문제집을 펴 놓고 열심히 들었어. 그랬더니 잘 들렸을까? 잘 들릴 리가 없지. 똑같아. 다시 친구들에게 물어보니 문장을 통째로 외우라는 거야. 양이 그렇게 많은데 전날 외운다고 다 외워지겠어? 암기력이 그렇게 비상하다면 아무 걱정 없었겠지. 문장이 웬만큼 머릿속에 콕 박혀 있어야 하는데 당장 외우니 효과를 기대하기는 글렀고.

그때 갑자기 번뜩이는 아이디어가 떠올랐어. 깜지 썼던 과거의 흑역사가 떠오르는 거야. 새하얀 연습장에 검은 볼펜을 끼적이며 가득 채우던 그 필사의 현장 말이지. 왕년에 깜지 좀 썼거든, 내가. 선생님이 벌로 항상 깜지를 내주셨어. "디디, 너 오늘 지각했지? 깜지 두 장 추가." "디디, 너 오늘 영어 단어 시험 4개나 틀렸네. 깜지 한 장 추가." 하고 말이야.

이건 뭐 고깃집에서 삼겹살 추가하는 것처럼 아주 당연하고 쉽고 간단하게 깜지를 주문 당하곤 했지. 그런데 깜지를 쓰면서 (속으로 선생님 욕 엄청 하면서) 영어 단어도 외우고 공식도 외우곤 했는데, 그 강제적인 깜지 덕분에 암기 과목들 성적이 생각보다 괜찮아진 기억이 나는 거야. 당장 연습장을 폈지.

영어 듣기 평가 기출문제집을 펴 놓고 문장을 외우는 게 아니라 연습장에 꾹꾹 눌러 적었지. 그렇게 문장을 연습장에 쓰고 해석해 봤더니 지금까지 막연하기만 했던 문장들이 머릿속에 콕콕 박히는 느낌이 들었어. 게다가 듣기 평가 문제는 문장도 짧잖아. 해석도 쉽지. 그래서 시간을 많이 투자하지도 않았는데 집중력은 최고조로 올라가는 느낌.

여러 해의 기출문제 문장을 열심히 끼적거리다 보니 자연스럽게 문제 유형까지 대충 파악되더라고. 지도 문제와 시계 보는 문제는 꼭 나오고, 날 괴롭히던 돈 계산 문제는 항상 낸 돈에서 물건을 산 돈 빼면 답이라는, 정답 찾는 노하우까지 생기더라는 거. 그리고 문장을 쓰다 보니 내가 왜 항상 오답을 찍었는지 알게 됐지. 아무리 쉬워도 함정이 있더라고. 요즘 영화도 아닌데 반전이 난무하더라니까. 그러니 반드시 끝까지 집중해서 들어야 한다는 거. 원효 대사가 해골에 담긴 물을 마시고 얻은 깨달음이 이랬을까?

필사 하나로 영어 듣기 평가 만점을 위한 종합 대책 세트를 받은 기분이었어. 그 뒤로는 필사의 즐거움도 누리고 영어 듣기 평가 완전 정복의 길로 들어서……는 듯했으나, 역시나 잘 안 들리는 귀였음이 성적으로 판명되었음.

영어 듣기 평가는 바로 전날 벼락치기로 좋은 성적 받기는 힘들어. '꾸준함'이 가장 요구되는 과목이거든. 그렇지만 전에 반타작할 때보다는 훨씬 집중해서 시험을 볼 수 있었어. 그리고 나는 그 필사하는 시간이 꽤 좋더라고. 스스로 쓰고 읽고 해석하면서 보내는 시간이 꽤 의미 있게 느껴지고 말이야.

그렇다고 지금 내가 영어 듣기 울렁증에서 100퍼센트 자유로운 건 아니야. 외국인이 나에게 다가와 말을 걸면 여전히 도망치고 싶은 마음부터 들어. 길을 물어보는 외국인을 도와주고 싶지만 머릿속에 한글만 계속 떠오르는 바람에 구글 번역기에

SOS를 요청한 적도 있지.

그렇지만 나에게는 그 필사의 과정과 시간이 영어를 잘하기 위한 결과론적인 행위만은 아니었던 것 같아. 볼펜을 꾹꾹 눌러 쓰며 흰 연습장을 채워 가다 보면 마음이 차분해지고, 시험 전의 그 떨림도 많이 사라졌거든. 소설이나 성경을 필사하는 사람들 있잖아. 느리지만 천천히, 그 느림 속에서 작게 퍼지는 쉼의 향기를 즐기는 사람들.

나는 이 깜지 쓰는 현장이 그것과 크게 다르지 않다고 생각해. 게다가 거창한 준비물이 필요한 것도 아니고. 그냥 필기구와 연습장이면 끝. 그러니 너도 한번 시도해 볼래? 영어 듣기평가 전날 우리에게 필요한 건 잘 들리는 귀가 아니라 잘 들을 수 있는 편안한 마음이니까. 그 마음을 준비하기 위해 도전해 보자고.

# 필사하기

필사는 쉽게 말해 베껴 쓰는 것을 가리켜. 눈으로만 읽는 것과 직접 써 보는 것은 차이가 크기 때문에 문장력이 훌륭한 작가들 사이에서도 필사는 꽤 선호하는 행위라고 하지. 필사를 하다가 모르는 단어가 나오면 찾아보면서 뜻을 알아 가는 과정이 재밌고 공부가 된다고 해. 자연스럽게 문법도 교정되고 기억력도 좋아진다지 뭐야. 한 자 한 자 적는 행동을 통해 그냥 눈으로 볼 때와는 다르게 문맥을 이해하게 된대. 그래서 요즘 디지털 세대 사이에서는 필사 열풍까지 불고 있어.

내가 필사를 권하는 가장 큰 이유는 아날로그적인 행위에서 마음의 평안을 얻기 때문이야. 필사를 '손으로 하는 명상'이라고 일컫기도 하더라고. 보통은 문장이 아름다운 소설책이나 두고두고 마음속에 간직하고 싶은 한 줄이 있는 시집을 필사를 하지. 그렇지만 꼭 유려한 문장이 있는 책이 아니더라도 단순히 베껴 쓰는 행위 자체에서 비롯되는 집중력과 문맥에 대한 이해 때문에 나는 영어 듣기 평가 전날 필사를 하는 그 행위 자체를 추천해. 혹시 그거 알아? 손으로 쓰고 입으로 읽으면 장기 기억에도 도움 된다는 사실. 집중력, 스트레스 해소, 덧붙여 문맥 이해까지. 우리, 세 마리 토끼 멋지게 잡아 보지 않을래?

# 달밤 체조

필사하느라 오랜만에 펜을 오래 잡고 있었더니 손목이 뻐근하지 않아? 평소 컴퓨터나 스마트폰을 사용할 때도 손목은 늘 조심해야 해. 손목 건강을 지킬 수 있는 간단한 운동법을 소개할게.

① 손목을 뒤로 젖히고 손가락 느슨히 펴기.

② 손목을 반듯하게 펴고 손가락 이완시키기.

③ 주먹 꼭 쥐기.

④ 주먹 쥔 채로 5초 동안 손목을 최대한 구부리기.

⑤ 팔목과 손가락을 느슨히 펴면서 5초 세기.

⑥ 동작들을 10회 반복한 뒤 양팔을 앞뒤로 천천히 흔들기.

공휴일 D-1

# 빨간 날에는 여행을

어른이든 학생이든 가장 좋아하는 날이 언제인 줄 알아? 바로 빨간 날이지. 나는 생일 다음으로 기다린 날이 빨간 날이었던 것 같아. 쉬는 날이라 학교에 안 가고, 운이 좋으면(?) 학원에도 안 갈 수 있어서, 내 일정을 변경하지 않아도 내가 하고 싶은 것을 마음껏 할 수 있는 유일한 날처럼 여겨졌거든. 다행히 부모님 마인드도 '쉬는 날에는 쉬자!'였으니 합법적으로 친구들과 즐거운 시간을 맘껏 누려도 되는 날이었지. 그래서 내가 어떻게 했느냐고? 나는 친구들과 떠나는 여행을 계획했어.

대학생이 된 사촌 언니 오빠들을 만나면 가장 많이 듣는 게 MT 이야기였어. MT 얘기를 하도 많이 들어서 대학생들은 공부 안 하고 맨날 노는 줄만 알았다니까. 어쨌든 무지 부러운 거야. 언제나 하루빨리 어른이 되고 싶다는 생각을 하며 살았는데, 어른이 되면 갈 수 있는 MT라니. 왠지 MT를 가면 나도 어른이 될 것 같았고, MT 때문에 대학교에 가야겠다고 생각했어. 완전 주객전도 동기 부여지(뭐 아주 나쁜 것 같지는 않네).

난 처음에 MT가 MounTain의 준말인 줄 알았어. 산으로 많이 놀러 가서 그런 건가 했는데, 나중에 알고 보니 Membership Training의 약자래. 근데 생각해 보니 대학생들만 멤버십 트레이닝이 필요한 건 아니잖아? 맨날 같은 교실에서 온종일 수업 듣고 교과서며 문제집에 찌들어 지내는 우리에게 특히나 지금의 상황을 이겨 낼 훈련(이라 쓰고 휴식이라 읽는다)이 필요한 거지. 그래서 친구들에게 제안했어.

"애들아, 우리 MT 가자."

너는 쉬는 날이 생기면 가장 하고 싶은 게 뭐야? 영화 보기? 친구들이랑 노래방 가기? 나는 여행을 좋아하시는 부모님 밑에서 자라서인지 산과 들을 보는 게 무지 좋았어. 탁 트인 곳에서 조용히 내 숨결을 느끼는 그 순간이 가슴을 떨리게 하더라고. 모든 잡념을 잊을 수 있으니 성적이나 학교생활, 친구 관계에서 온 스트레스도 떨쳐 버릴 수 있었고. 그리고 낯선 곳을 보는 즐거움이 꽤 컸어. 익숙한 것만 보다가 낯선 곳에 가면 눈이 활짝 떠지고, 내가 알고 있던 세상 말고도 또 다른 곳이 있다는 사실을 새삼스레 깨닫고, 그 안에서 진정한 나의 모습에 대해 진지하게 생각하게 되거든.

그래서 MT 장소는 낯선 자연의 '삘'이 충만한 곳으로 정했지. 가 본 적도 없으면서 사촌 언니 오빠들에게 하도 많이 들어서 마치 가 본 것만 같았던 그 장소, 바로 대성리. 서울에서 가까운 데다가 기차 타고 이동하니 여행 기분 업(up)! 게다가 대성리역 바로 근처의 북한강 변은 마치 그림처럼 아름답거든. 우리 여건에서는 최적의 장소로 느껴졌지.

나의 MT 제안에 친구들은 쭈뼛쭈뼛 찬성했고, 그렇게 해서 우리는 문제집과 교과서를 던져 버리고 가벼운 마음으로 자연을 만났어. 늘 만나던 장소가 학교 아니면 학원이었던 우리는 처음에 약간 낯설어했지만 이내 그곳을 즐기기 시작했지. 각자 싸 온 도시락을 나눠 먹고, 강변 근처에 돗자리 펴 놓고 광합성 실컷 하면서 수다도 떨고 낮잠도 자고. 이런 사소한(데 소중한)

시간이 우리에게 자주 주어질 수 없는 현실이 안타깝기는 하지만, 그런 만큼 지금이라도 즐기자는 마음으로 시간을 보냈어.

자연의 여유로움을 선물 받는 시간이어서 그랬는지, 아주 사소한 얘기부터 마음속 깊은 고민까지 풀어놓게 되더라. 학교 수련회 가면 밤에 캠프파이어 하잖아. 캠프파이어 끝날 때쯤 촛불 의식 하면 눈물 콧물 빼면서 내 감정에 아주 솔직해지잖아. 딱 그 느낌이더라고. 그동안 쌓인 스트레스를 날려 보내는 건 당연했고. 우리에겐 잊을 수 없는 '슈퍼 울트라 그뤠잇' 추억이 되었지.

여행이라고 하면 거창하게 들릴지 모르겠지만 나는 공휴일만큼 우리에게 온전한 자유의 시간이 주어지는 날이 없다고 생각해. 늘 학원, 학교, 집, 이렇게 반복되는 사이클 안에서 살아가고 있으니까. 그래서 나는 1년에 몇 번 있는 빨간 날에는 가족과 함께도 좋지만 친구들과 함께 가까운 곳으로 바람을 쐬러 가는 여행을 추천하고 싶어. 평소에 가 보지 않은 곳, 내게 익숙하지 않은 곳에 가는 것이 키포인트야. 그러니 휴일 전날에는 내일 노는 날이라고 신난다고만 할 게 아니라 마음에 맞는 친구들과 함께 알찬 하루 여행을 계획해 보는 것은 어떨까?

대학생들이 가는 MT 장소도 좋고 그 계절을 가장 잘 보여 주는 장소도 좋을 것 같아. 예를 들어 (10월 3일 개천절에다 10월 9일 한글날, 이렇게 더블 공휴일을 앞둔) 가을이라면 코스모스가 흐드러지게 피어난 구리한강시민공원이나 코스모스 축제가 열리는 안성팜랜드 같은 곳에 가는 거야.

여행은 가서 보고 느끼는 게 전부 같지만 계획을 세우면서 느끼는 기대감도 큰 부분을 차지해. 그러니 친구들과 함께 모여 여행 계획을 세우면 훨씬 멋진 추억 여행이 될 거라고 생각해. 무작정 떠나는 여행도 좋지만 우리는 아직 어려서 유동성이 떨어지니까 미리 계획을 세우는 편이 더 나을 거야. 내 경험상 여행 계획을 미리 짜 두면 시간을 더 체계적으로 활용하고 그만큼 더 많은 것을 즐길 수 있더라고.

학업 스트레스 때문에 힘들어하는 친구가 있다면 이런 날 손을 내밀어 보는 거야.

"우리 콧바람 좀 쐬고 올까?"

얼마 전 다투어서 서먹해져 있는데 화해하고 싶은 친구가 있다면 한번 툭 던져 봐.

"우리 같이 놀러 갈래?"

숨통이 확 트인다아아아~~
내가 싼 김밥 먹어 봐.
터진 게 절반이지만, 하하!
꿀맛이야~
김밥도, 휴일도 굿굿!

단짝처럼 지내는 친구들에게 "우리 올해가 가기 전에 아주 멋진 추억을 만들어 볼래?" 제안하는 것도 아주 좋을 거야. 1년에 몇 번뿐인 소중한 빨간 날이 그저 집에서 늦잠 자고 뒹굴뒹굴하는 시간은 아니길. 학원에서 수업 보충하는 날은 아니길. 다시 돌아오지 않을 너의 시간을 멋지게 쓸 수 있는 그런 날이 되기를 바랄게.

D-day를 위한 꿀팁

# 여행 계획 세우기

### 1. 장소 정하기

내가 가 보고 싶어 한 곳도 좋고, 동경하던 곳도 좋아. 그 계절에 걸맞은 자연을 느끼거나 문화를 즐기고 싶다면 지역 축제를 검색해 보면 좋을 거야. 봄에는 예쁜 꽃들의 축제를 놓칠 수 없을 테고, 여름에는 아무래도 물과 관련된 축제가 많이 열리더라. 신촌에서는 신촌물총축제라는 이색적인 행사가 열린대. 그리고 가을에는 문화 축제가, 겨울에는 얼음 관련 축제가 많이 열려.

### 2. 교통편 예약 & 입장권 예매

우리는 아직 어리기 때문에 멀리까지 여행하기는 좀 무리야. 대중교통을 이용해 한 시간쯤 걸리는 곳이면 OK! 게다가 요즘은 휴일 여행객들이 많아져서 기차나 고속버스 같은 대중교통 편은 예약부터 하는 게 필수야. 그러면 시간을 아주 많이 절약할 수 있어.

입장권도 마찬가지. 요즘은 소셜커머스에서 입장권을 더 싸게 살 수 있는 경우가 많으니 예매하는 것도 좋은 방법이지. 더욱이 예매하면 줄을 서지 않고도 바로 입장하는 경우가 많으니까 시간도 절약돼.

### 3. 도시락 싸기

여행지에서 사 먹어도 좋지만 소풍에 도시락이 빠지면 서운하지. 무얼 싸 가든 맛있으니까. 사람들이 붐비기라도 할 때면 도시락의 존재감이 더욱 커지더라고. 친구들끼리 도시락을 분담하는 것도 좋은 방법이야. 김밥, 샌드위치, 과일, 음료수 등등 먹을거리가 다양하잖아. 공연히 엄마 깨우지 말고 스스로 준비하는 게 포인트야. 새벽부터 엄마를 깨웠다간 다음번에 놀러 가지 못할 수 있다는 점을 명심해.

### 4. 음악 '플레이리스트' 만들기

여행지에서 직접 보고 듣는 것도 중요하지만, 나는 그러한 즐거움이 더욱 커지고 그 추억을 되새길 수 있는 '좋은 음악'과 함께하는 여행도 꽤 의미 있다고 생각해. 그러니 여행 계획을 세울 때 여행 분위기와 걸맞은 음악들을 신중하게 선정해서 플레이리스트를 만드는 거야.

기차 타고 주위 풍경을 바라보며 듣는 '뉴에이지' 음악들은 내 마음을 좀 더 차분하게 가라앉혀 줄 거야. 친구들과 함께 듣는 최신 가요는 서로의 대화에 더 많은 공감을 줄 거고. 그러니 그 장소에서 즐길 수 있는 음악들을 골라 나만의 플레이리스트를 만드는 거지. 다녀와서도 그 음악들을 들으면 그때 추억이 생생하게 다시 살아날걸? 게다가 그런 리스트들이 모이면 훗날 또 다른 나만의 여행을 멋지고 낭만적으로 설계할 수 있을 거야.

## 달밤 체조

맨날 책상 앞에 앉아 있느라 튼튼한 두 다리 제대로 쓸 일이 없었잖아. 모처럼 외출이니 많이 걷고, 보고, 느끼는 시간을 갖자. 여행 전날 밤, 다리 힘 길러 주는 운동을 해 볼까? 참, 내일 다녀와서는 종아리 알을 풀어 주는 것 잊지 말고!

① 등과 허리를 똑바로 펴고, 왼발을 한 걸음 크게 내디디기.

② 왼쪽 무릎을 90도로 구부리고 오른쪽 무릎은 바닥에 닿는 느낌으로 몸을 내리기. 하체 힘을 이용하여 처음 자세로 돌아온 뒤 오른쪽 다리도 같은 방법으로 반복하기.

중간고사 성적 발표 D-1

# 이미 본 시험의 성적은 바뀌지 않는다

시험을 잘 쳤든 망쳤든 간에 기대되기도 하고 떨리기도 하는 게 바로 시험 성적 발표 날이지. 기대되는 것은 공부를 했다는 의미일 테고, 떨리는 것은 나의 찍기 신이 제대로 강림하셨는지 궁금한 것일 테고 말이야. 나는 시험 당일보다 성적 발표하는 날 훨씬 더 많이 긴장되었어.

모든 것은 과정이 중요하다고 하지만, 솔직히 결과도 과정 못지않게 중요하잖아. 아무리 "저 진짜 최선을 다했어요."라고 말해 봤자 등수나 등급이 과정을 말해 주는 요즘 상황. 안타깝지만 그게 사실이다 보니 우리는 결과 앞에서 담담할 수만은 없는 것 같아. 성적 발표 전날이면 마음이 싱숭생숭. 친구들 사이에 내 등수가 밝혀지면 어떡하나 두렵고, 기대에 미치지 못했을 때 엄마의 '롸이어~'가 걱정되고…….

중학교 3학년 때 담임 선생님은 학생들을 공부시키기 위해 태어난 '독사'로 아주 유명하셨지. 특히 반 학생들에게 공부할 동기를 부여하시겠다며 전 과목의 시험 성적을 어김없이 게시판에 붙이셨어. 보통은 상위권 아이들 성적만 붙이잖아. 근데 우리 담임 선생님은 뭐가 달라도 달랐지. 반 전체 학생의 성적표를 붙이셨으니 말이야. 물론 나름대로 프라이버시를 지켜 주겠다며 이름 부분만 쏙 오리시고. 그렇지만 한 학기 지내면서 친구들끼리 서로 점수 이야기를 하다 보면 등수를 다 알게 되더라고.

그리고 그런 애들 있잖아. 수학은 반에서 1등인데 영어 점수는 평균 점수에서 많이 떨어지는 특이한 애들. 응, 그게 바로 나였어. 내가 수학을 정말 좋아했지만 영어 듣기 평가계의 유명한 사오정이었잖아. 성적표를 딱 보고 있잖아? 그러면 이름 부분이 오려져 있어도 내 성적은 항상 우리 반 친구들에게 까발려졌지. 게다가 집에 오면 어때? 학교에서 내가 철저하게 발린 줄도 모르고 엄마는 나에게 화만 내실 거 아니야. 학교에서도 치이고 집에서도 치이고. 내가 가야 할 곳은 어디에? 띠로리~. 이때부터 나는 성적 발표하는 날을 피하고만 싶었어. 그렇지만 피한다고 해결될 일도 아니잖아? 그래서 나름 대안을 세워 봤지.

1안은 성적표 위조였지. 다들 한 번쯤 상상하거나 해 본 일이지? 이미 시험을 봤어. 성적은 나왔고 성적표는 바꿀 수 없어. '아, 그럼 성적표를 위조해 볼까?' 그러면 당장 엄마의 퐈이어는 막을 수 있으니까.

떨리는 마음으로 여기저기 검색해 봤지. '성적표 위조'라고 검색하니 새로운 세상이 열리더라. 고대로 따라 만들고 점수만 바꿔 프린트한 애들도 있고, 78점을 93점으로 위조해서(이건 정말 양심 불량) 부모님한테 휴대전화를 선물 받은 애도 있대. 또 어떤 애는 위조한 성적표를 들켜서 뒈지게 맞기만을 기다리고 있다고. 이 경우를 보니, 오, 이건 안 되겠어. 정신이 확 들어.

2안은 담임 선생님께 편지 쓰기였어. 어디서 들었는데, 진심은 통한다며. 성적표를 게시판에 붙이는 것에 대한 생각을 솔직하게 쓰고 고통스러운 내 마음을 표현하면서 진심을 담아 편지를 쓰려고 했어. 친구들에게 이 생각 어떠냐고 물어봤더니 "야,

바뀔 것 같으면 그런 황당한 아이디어가 아예 나오지도 않았다. 괜히 교무실만 불려 간다."며 나를 막았어. 『트레버』에서는 열두 살 트레버가 세상을 바꾸기 위해서는 작은 아이디어(행동)면 충분하다고 했는데, 역시 책과 현실은 다른 것이었나 봐. 결국 친구들의 열렬한 반대로 내가 생각한 해결책은 빛도 보지 못하고 물거품처럼 사라졌지.

1, 2안이 시도조차 못한 채 실패하면서 생각했어. 도덕적이면서 뭔가 바꿀 수 있는 대안을 세워야겠다고. 성적은 내가 공부한 대로 나오니까 바꾸지 못하지, 선생님이 게시판에 성적표 붙이는 것도 (친구들 말로는) 못 바꾼대. 아, 그럼 성적 발표하는 날 엄마 기분은 바꿀 수 있을까? "놉!" 성적이 잘 나오기 전엔 그것도 불가능한 일이야. 그럼 엄마 기분을 좀 덜 '파이어~' 하게 바꿀 수는 있을까? "옙!" 내일이 오기 전에 오늘을 활용하면 괜찮을 듯한 거야. 엄마를 위한 '나만의 서비스'를 준비하는 거지.

평소엔 하지 않았지만 오늘 특별히 엄마를 위해 할 수 있는 일을 준비해. 엄마가 그토록 바라는 다정한 모녀 데이트, 그까이꺼 하는 거야. '역시 딸밖에 없다.' 싶으실지도 몰라. 엄마가 마트에서 장 보면 늘 잔뜩 들고 오시잖아. 오늘은 내가 에스코

트하면서 "엄마 힘들지?" 하고 번쩍 들어 드려. "내가 자식 하나는 잘 뒀네." 이런 소리 나오게. 아니면 "엄마, 오늘은 쉬어. 내가 할게."라며 청소기를 돌리든가 아님 설거지를 하든가. 악기를 다룰 줄 아는 친구라면 "엄마를 위한 연주를 준비했어." 닭살 돋는 멘트를 던지며 엄마 마음을 녹여 볼 수도 있겠지. 엄마는 속으로 생각하실 거야. '우리 딸 아들, 내가 참 예쁘게 잘 키웠구나.' (좀 오버 같긴 하지만) 그 순간만큼은 우리가 아기였을 때 엄마의 바람처럼 '그래, 성적이고 뭐고 건강하게만 자라다오.'까지 연결될지도.

전날의 이런 작전(?)들이 잘 먹히면 성적표를 가지고 집에 돌아왔을 때 불어닥칠 후폭풍이 조금은 잠잠해지지 않을까? 아주 도덕적이고 합법적이니 얼마나 좋아! 게다가 아무것도 안 하고 있으면 자꾸 생각나는 거 알지? 그럴 때일수록 몸을 움직이고 뭔가를 해야 하는 법. 성적 발표 전날 바뀌지 않을 성적 걱정만 하면서 머리 싸매지 말고, 지금 당장 엄마를 위한 아이디어를 짜자고. 세상을, 아니 성적 발표 날의 분위기를 바꾸기 위한 나만의 아이디어 말이야.

D-day를 위한 꿀팁

# 엄마를 위한 일일 셰프 되기

예전에 가족끼리 외식을 하러 나갔다가, 맛있느냐는 아빠의 물음에 "그럼, 남이 해 주는 밥은 다 맛있어."라는 엄마의 대답을 들은 적이 있어. 날이면 날마다 엄마가 가족들 식사를 도맡고 계시니까 거기에서 벗어난 것만도 좋다는 의미였겠지. 거기서 아이디어를 얻었어.

내가 생각해 낸, 엄마의 파이어를 조절할 아이디어는 바로 엄마만을 위한 일일 셰프 되기. 엄마가 좋아하는 음식 목록을 적어 두고 레시피를 찾아봐. 요즘 워낙 요리 관련 블로그가 많아서 레시피 찾기는 어렵지 않을 거야. 정 찾기 힘들면 '집밥 백선생 레시피'라도 보렴. 대충 흉내만 내도 맛은 보장되더라고. 간단한 재료로 훌륭한 맛을 낼 수 있는 게 최고야.

과정이 너무 복잡한 요리는 피하도록 해. 예전에 엄마에게 미니 핫도그 만들어 드리겠다고 나섰다가 부엌에 온통 반죽 흘리고, 기름 다 튀고……. 더 말 안 해도 분위기 알겠지? 부엌을 엉망으로 만들어 놓으면 오히려 엄마의 화를 돋울지도 몰라. "아, 나는 요리 개손으로 태어났어."라고 좌절하는 사람은 간단하게 믹서기로 주스 한 잔 갈아 드려도 돼. 무언가 엄마를 위해 내가 특별하게 준비했다는 느낌을 전하면 되니까, 메뉴 선택에 부담감 느낄 필요 없어.

## 달밤 체조

엄마랑 '다정 지수'를 한껏 올렸는데 내 방에 쏙 들어와 버리면 좀 그렇잖아. 오늘 잠들기 전 마지막으로 할 일은…… 바로, 엄마와 마스크팩 하기. 엄마랑 얼굴에 팩 올려놓고 대자로 뻗어 나란히 누워 봐. 15분이 꽤 짧게 지날 거야.

용돈 받는 날 D-1

# 시행착오를 허하노라

중학교 1학년 때쯤이었어. 어느 날 아빠가 오빠와 나를 앉혀 두고 작은 수첩을 나눠 주셨지. 자세히 보니 '용돈 기입장'이라고 쓰여 있었어. 아빠는 앞으로 용돈을 매주 줄 텐데, 어디에 썼는지 적어 오면 주말마다 확인하고 다음 주 용돈을 주시겠다고 했어. "용돈을 잘 써라." 말씀하시면서. 그리고 어디에 써도 상관없으니 자유롭게 적어 오라고 하셨지. 부모님께서는 매주 5000원씩 용돈을 주셨어. 그때로서는 어린 나이에 만져 보는 꽤 큰돈이었으니, 우리가 어떤 식으로 지출하는지 부모님도 궁금하긴 하셨을 거야.

나는 그 돈으로 뭘 했을까? 뻔하지, 뭐. 매일 학교 앞 문방구에서 불량 식품 사 먹고, 뽑기도 하고, 친구들과 학원 다녀오는 길에 떡볶이 사 먹고. 그리고 그 무렵에는 만화 대여점이 아주 인기였는데, 그 만화 대여점 단골이 되었지.

그런데 지출한 세부 내용을 용돈 기입장에 적다 보니까 부모님이 주신 액수 안에서 지출하긴 했지만 뭔가 잘못한 것 같았어. 만화책은 몰래 빌려 봤으니 들통나는 건 시간문제고, 혼날 것 같은 느낌이 드는 거야. 그래서 솔직하게 적었던 내용을 지우개로 싹싹 지워 버렸어. 대신 1000원 낸 성당 헌금은 2000원으로 올려 적었고 (신부님+예수님+하느님 죄송해요!), 학용품도 친구 생일 선물도 (원래보다) 값이 많이 올라갔지. 내 용돈 기입장은 이렇게 차곡차곡, 그리고 아주 창의적인(?) 거짓말로 얼룩지기 시작했어.

그러니 도둑이 제 발 저리다고, 용돈 받기 전날 부모님 앞에 용돈 기입장만 가져가면 가슴이 콩닥콩닥 주체가 안 되는 거야. 분명 다음 주 용돈을 받는 날이니 기쁨이 더 커야 하는 게 맞는데, 부모님에게 미안한 마음에다가 혹시 거짓말한 게 모두 들통나면 어쩌나 하는 걱정까지.

하지만 그건 기우였어. 부모님이 용돈 기입장 내용을 보고 나를 추궁하거나 따져 물어보신 적이 단 한 번도 없었거든. 그저 "디디 배에는 떡볶이가 가득하겠구나." 하고 웃어넘기시더라.

내 마음은 어땠을까? 처음에는 '아싸, 안 걸렸다!' 신이 났지만 시간이 지날수록 그렇지 않더라고. 부모님은 아마 다 아셨을 거야, 내가 거짓말했다는 거. 그런데도 내 마음을 이해하고 그대로 지켜봐 주시는 부모님이 정말 고맙고 또 죄송스럽기도 한 거야.

용돈 기입장에 적힌 내 소비 패턴을 자연스럽게 반성했고, 누가 나에게 충고한 것도 아닌데 거짓말이 줄어들었어. 더 시간이 지나면서는 합리적인 경제생활에 대한 깨달음을 조금씩 얻었고. 슬픈 일이지만, 내가 좋아하는 것을 모두 얻고 마음껏 누릴 수는 없다는 사실도 깨달았지. 이건 어른들도 마찬가지니까 너무 속상해할 필요는 없어.

용돈 기입장을 꾸준히 쓰면서 나는 아빠가 처음에 말씀하신 대로 용돈을 '잘' 쓰는 지혜를 얻었어. 잘 쓰는 것이 전부 쓰는 것은 아니라는 점을 알았고 소비 패턴을 알아서 조절하게 됐어. 그리고 좀 더 가치 있는 것을 얻기 위해 저축을 시작했지. 용돈 받기 전날은 "저 이만큼 잘(많이) 썼어요."라고 보여 주는 날이 아니라 "저 이렇게 (합리적으로) 잘 썼어요." ("그래서 이만큼 저축할 수 있었어요.")라고 자랑하는 날이 되었지. 거짓말이 들킬까 봐 콩닥콩닥하던 가슴이 칭찬 받을 생각에 두근두근.

적은 액수지만 남은 돈을 돼지 저금통에 넣었고 돼지 몸무게가 제법 묵직할 즈음에는 저축한 돈을 꺼내 은행에 갔어. 차곡차곡 쌓이는 그 기쁨! 그건 말로 표현이 잘 안 돼. 그러니 꼭 경험해 보면 좋겠어. 이런 기쁨을 나만 누리기는 너무 아까우니까.

우리 부모님처럼 네가 어떤 지출을 했는지 확인해야 한다는 의미로 용돈 기입장을 활용해서 용돈을 주는 분도 계시지만, 대부분의 부모님들은 주어진 범위 내에서 너 스스로 절제하는 법을 배워 보라며 아무 말씀 없이 용돈을 건네기도 하셔. 그건 너를 믿고 있으며, 너에게 최선의 결정을 할 권한을 주겠다는 의미이기도 하고 시행착오도 허락하겠다는 의미이기도 해.

물론 너는 나처럼 용돈을 받자마자 다 써 버릴 수도 있고, 돈이 모자라서 쩔쩔맬 수도 있지. 때로는 실망스러운 선택을 하기도 하지만 그런 시행착오 자체도 의미 있는 일이야. 때론 성공보다 실수한 경험이 더 많은 것을 가르쳐 주거든.

그래서 나는 자기 소비 패턴을 한눈에 확인하고 자연스럽게 나의 경제생활에 대한 깨달음을 줄 수 있는 용돈 기입장을 한 번 써 보라고 권하고 싶어. '스튜핏' 소비는 무엇이었는지, '그뤠잇' 외칠 수 있는 현명한 절약은 뭐였는지 눈으로 직접 확인하는 가운데 내 일상의 소비 패턴을 스스로 정의할 수 있지 않을까 싶거든. 누구에게 보여 주고 검사받는 게 아니니까 솔직해질 수 있고. 나아가 내가 진정으로 바라는 소비도 꿈꿀 수 있는 좋은 기회가 될 테니 오늘부터라도 도전해 보면 어때?

# 돼지 저금통 배 가르고 은행 가기

용돈 받기 전날은 그달에 용돈을 잘 쓰고 남은 돈이 돼지 저금통에 모이는 날이야. "You only live once."를 외치며 욜로(YOLO)족처럼 남은 돈을 한꺼번에 써 버릴 수도 있겠지. 그러나 우리는 현재를 사는 사람들인 동시에 미래를 꿈꾸는 사람들이니 그런 마음은 잠시 접어 두길 바라. 자, 그러면 돼지 저금통에 차 있는 용돈으로 뭘 해 보면 좋을까?

우선 돼지 저금통의 배를 갈라. 그리고 거기에서 나온 동전들로 탑을 쌓는 거지. 예전에는 은행에 동전을 분류하는 기계가 없었기 때문에 저축하러 가기 전에 500원, 100원, 50원, 10원짜리 동전을 모두 내가 일일이 분류했거든. 그렇게 분류하다 보면 동전 탑이 만들어지곤 했지. 탑이 차곡차곡 올라가면 마치 내가 대단한 결실을 얻은 듯한 성취감이 들었어. 저축에서 오는 즐거움도 느끼고. 물론 지금은 내가 일일이 분류할 필요가 없어졌지만, 그냥 재밌잖아. 은행 가기 전에 간단히 블록 쌓는 기분으로 동전 탑 쌓기를 해 봐도 괜찮을 것 같아.

이렇게 분류한 동전을 가지고 집 근처 은행으로 놀러 가는 거야. 아주 가벼운 마음으로, 친구 만나러 가는 기분으로 말이지. 통장이 없다면 가서 하나 새로 만들어 봐(나는 중학교 때 만든 계좌를 아직까지 쓰고 있는데 그냥 통장만 봐도 나의 저축 히스토리가 그려져 꽤 뿌듯해). 그리고 그 통장에 가져간 돈을 입금하면 끝.

얼마 안 되는 금액일지 모르지만, 저축은 습관이 중요한 거지 금액이 얼마인가는 크게 중요치 않아. 그리고 적은 돈이 모여 큰돈 되는 거니까 민망해할 필요도 없고. 적은 돈이 모여 조금씩 늘어 가는 통장 잔고를 보면 새로운 즐거움을 맛보게 될 거야. 일상의 소소한 기쁨 말이야.

# 달밤 체조

잠들기 전에 하는 체조도 저축과 마찬가지 아닐까 싶어. 꾸준히 하다 보면 일상 습관이 차곡히 쌓여 몸이 건강해지잖아. 귀찮다는 핑계 대신 딱 10분만 건강을 위한 저축, 운동하기!

① 바닥에 무릎을 꿇고 어깨너비로 벌린 뒤 양손 간격도 어깨너비로 벌리고 등을 평평하게 하기.

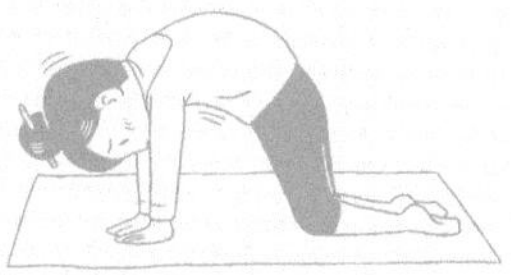

② 배에 힘을 주며 등과 허리를 둥글게 만들고 자세 유지하기.

③ 무릎을 바닥에 대고 바닥에 발등이 닿게 앉기.

④ 양팔을 쭉 뻗어 손과 이마가 바닥에 닿을 만큼 최대한으로 숙이기.

독서 골든벨 D-1

# 화이트보드를 향한 로망

텔레비전에서 〈도전! 골든벨〉이라는 프로그램 본 적 있어? 100명의 청소년이 50문제에 도전하는 퀴즈 프로그램 말이야. 〈장학 퀴즈〉처럼 단순히 퀴즈 대결에서 1등을 뽑는 데 중점을 두기보다 문제를 푸는 과정에서 재치와 생각을 알아보는 청소년 프로그램이지.

나는 이 골든벨에 나가는 게 학창 시절의 꿈이었어. 골든벨을 울릴 수 있다고는 생각해 본 적 없고, 다만 젯밥에 관심이 있었지. 배우 한가인 언니가 〈도전! 골든벨〉에서 후반까지 갔었거든. 그때 매니지먼트 회사의 눈에 띄어 연예계에 데뷔했다는 말을 듣고 '나도 어쩌면…….' 이런 희망을 품었던 것 같아. 김칫국 신나게 들이켜면서(나는 한가인 언니와 다르다는 것을 잠시 간과했네. 거울 좀 봤어야 했는데).

그러나 사람 일은 모르는 법! 찬스도 쓰고, 떨어지면 패자 부활전에서 운 좋게 다시 살아나기도 하고, (그럴 리 만무하겠지만) 진짜 실력으로 후반 라운드까지 살아남을지도. 그런데 불행하게도 우리 학교에서는 내가 졸업한 뒤에야 〈도전! 골든벨〉을 찍었다는 소식을 들었지. 학창 시절에 꼭 해 보고 싶었던 몇 가지 중 하나였는데 너무 아쉬웠어.

그런데 말이야, 꿩 대신 닭이라고, 모자도 거꾸로 쓰고, 응원해 주는 친구들의 이름표를 교복에 덕지덕지 붙이고, 한 손에는 보드마커를 장착하고 일필휘지로 답을 써 내려가면서 화이트보드를 머리 위로 힘차게 흔들어 보고 싶은 로망을 실현해 주는 프로그램을 만나게 됐지 뭐야.

바로 학교에서 1년에 한 번 열리는 '독서 골든벨'. 〈도전! 골든벨〉과 방식은 똑같고, 책과 관련된 문제가 나온다는 점만 달랐지. 학교에서 선정한 책 다섯 권에서 문제가 나오고 최후까지 맞힌 영예의 우승자를 가리는 독서 퀴즈 대회!

아니! 미모와 지성을 겸비한 아름다운 학생이~
디디야! 개꿈 꾸지 말고 어서 일어나!!

그때 선정된 책 가운데 하나는 조지 오웰의 『동물 농장』이었는데, 그전까지는 철저히 관상용 또는 (지적) 인테리어용으로 꽂아 둔 세계 문학 전집에 들어 있었지. 어렵다는 편견(?)이 있어서 읽어 볼 엄두조차 내지 못한 책이야. 그렇지만 선정 도서였고, 나는 화이트보드를 흔드는 로망을 실현해야 하니 어쩌겠어. 반강제로 독서 시작 고고.

막상 읽어 보니 골든벨을 앞두고 있어 그런지 집중도 잘되고 생각보다 어렵지 않은 거야. 동물들의 캐릭터가 인간 사회의 모습과 별반 다르지 않아서 공감했고, '좋은 게 좋은 거'라며 실실대는 초긍정녀였던 내가 사회를 좀 더 비판적으로 바라보게 되더라고. 아, 그리고 책 들고 다니는 재미도 한몫했지. 휴대전화나 만화책 들고 다니는 친구들에 견주어 내 지적 매력 지수를 10배는 끌어올려 줬거든.

예전에는 버스나 지하철에서 책을 읽는 사람들이 꽤 많았어. 그런데 컴퓨터와 스마트폰이 필수품이 된 요즘에는 책 읽는 사람 찾기가 참 힘들지. 다들 이어폰 끼고 스마트폰에만 얼굴을 박고 있고. 또 우리만 해도 선생님이나 부모님이 독서를 강조하면 공부하느라 책 읽을 시간이 어디 있느냐고 반문해. 사치스러운 시간이라는 거지.

이런 상황에서 '독서 골든벨'은 우리에게 책을 읽는 시간이 버리는 시간이 아니라 얻는 시간이 된다는 사실을 깨우쳐 줘. 어찌 보면 일상적으로 자유롭게 해야 할 독서에 '퀴즈'라는 말을 덧붙여 왠지 시험 스트레스를 주는 것처럼 느껴지기도 하지. 그렇지만 우리에게 독서하는 시간은 사치가 아니라 가치 있는 시간이라며 정당한 의미를 부여하는 것으로 받아들이면 편할 것 같아.

꼭 100점을 맞아야 하는 것도 아니고, 성적이 생활 기록부에 올라가는 것도 아니고, 틀려서 떨어진다고 부끄러워할 일도 아니고. 그저 학창 시절의 퀴즈 대회를 향한 로망을 이루고 추억을 담당하는 가벼운 퀴즈 놀이 정도로 생각하면 좋지 않을까?

미래형 인재는 독서로 결정된다고 해도 과언이 아니야. 21세기 지식 정보화 사회에서 독서는 정보를 습득하는 가장 기본적인 방법이거든. 또한 독서를 통해서 얻는 독해력은 국어뿐 아니라 모든 과목의 기초가 되니까. 주위에 책 많이 읽는 친구들을 한번 봐 봐. 청산유수처럼 말하는 것은 기본이요, 긴 지문을 읽어 내는 독해력 또한 우수할 거야. 딱히 연습하거나 문제를 많이 풀지 않아도, 독서량이 많은 친구들은 독서하는 행위에서 그런 이점들을 자연스레 습득하더라고. 그래서 독서는 강조하지 않을 수 없는 활동이야.

솔직히 우리에게 책을 느긋하게 읽을 여유가 썩 많지는 않다는 게 문제지. 그런데 '독서 골든벨'에 참가하려고 준비하다 보니 책을 좀 더 진지하게 대하게 됐어. 그리고 읽어 보고 싶었지만 쉽게 손대지 못하고 어렵게만 느꼈던 책들도 가벼운 마음으로 접한 것 같아. 또 친구들과 책 이야기를 하니까 또 다른 재미가 있더라고. 맨날 연예인 얘기만 쏟아 놓을 때와는 정말 분위기가 다르고, 우리 사이에 오가는 대화도 아주 고급스럽고 아름다웠어. 친구들과 그런 대화를 할 수 있는 상황에 고마워했지.

너무 뻔한 얘기 같지만, 책을 통해서 다른 사람의 경험과 생각, 지식을 습득하면 세상을 살아가는 데 필수적인 창의력, 문제 해결능력, 사고력, 비판력을 키울 수 있는 것 같아. 물론 이쯤 되면 책만 읽고 모든 공부를 해결할 것 같은 기분이 들지만, 사실 100퍼센트 그렇지는 않다는 게 함정!

그래도 책을 읽지 않는 사람이 늘어날수록 독서를 충실히 해온 사람들의 진가는 분명 두드러질 수밖에 없어. 그러니 우리한테 이렇게 유익하고 내 삶의 한 조각을 즐겁게 만들어 줄 기회가 왔을 때, 못 이긴 척 슬며시 그 기회를 잡아 보지 않을래? 바로 '독서 골든벨'을 통해서 말이야.

# 밑줄 긋기!

퀴즈 대회 전날이라고 하면 왠지 열공 모드로 들어가 예상 문제를 뽑아서 공부해야 할 것 같지? 그렇지만 '독서 골든벨'은 시험이 아니라 독서 과정 중에 마주치는 이벤트라고 가볍게 받아들여야 좋을 것 같아. 그러니 당연히 열공 모드는 지양! 좀 더 즐겁게 책의 내용을 곱씹을 수 있는 방법을 생각해 보는 게 어때?

나는 책을 가장 진지하게 곱씹기 좋은 방법은 '밑줄 긋기!'라고 생각해. 책 읽는 행위는 책을 쓴 사람과 대화하는 것과도 같거든. 우리가 다른 사람과 이야기 나눌 때 재미있거나 공감하면 손뼉도 치고 감탄도 하잖아. 책을 읽을 때도 그렇게 해 보는 거야.

예전에 도서관에서 책을 빌린 적이 있는데 책에 밑줄이 막 그어져 있었어. 속으로 엄청 욕을 했지. 여러 사람이 보는 책에 낙서하는 행위는 정말 매너가 꽝이니까. 근데 그 책을 읽으면서 밑줄 그어진 대목에 내가 좀 더 관심을 두고 있다는 것을 알았어. 그때 밑줄 긋기의 효과를 깨달았지.

그때부터는 나도 (반드시) 내 책에, 좋아하는 책에, 다시 곱씹어 보고 싶은 내용에 밑줄을 긋게 됐어. 그러면 그 책을 다시 볼 때 밑줄 부분만 한 번씩 읽어 봐도 정리가 잘되는 것은 물론이요, 마음에 드는 구절들을 힘들게 찾아보는 수고도 덜 수 있어.

좋은 구절을 스마트폰의 메모 기능에 입력해 두거나 카메라로 찰칵! 간편하게 찍어 저장하는 시대가 됐지만 필기구로 뭔가를 끼적이는 행위는 여전히 묘한 매력이 있는 것 같아. 그러니 '독서 골든벨' 전날에는 그냥 그 책을 마주한다는 느낌으로 소처럼 꼭꼭 되새김질할 수 있게 밑줄을 그으며 훑어보면 좋을 것 같아. 정말 마음에 드는 구절이나 많은 생각을 하게 해 준 곳에는 알록달록 포스트잇으로도 꾸며 줘도 좋고.

그렇게 한 권을 마치면? 아마 통달까지는 아니더라도 어느 정도 저자와 통했다는 기분이 들 거야. 책 한 권의 내용이 웬만큼 정리도 되고. 이처럼 밑줄을 긋는 의식의 효과는 독서가 끝난 뒤에야 비로소 빛을 뿜는 거야.

나는 밑줄을 그을 때 두 가지 필기도구를 이용해. 샤프나 형광펜. 깊이 있는 고전이나 소설을 읽을 때는 내 감정이라든지 뜻이 어려운 단어들, 막히는 문맥을 풀어 놓기 위해 샤프로 적으며 밑줄을 긋지. 가늘게 써지고 낙서에 가까운 끄적거림을 맘껏 해 보고 또 지울 수 있으니까 부담이 없어서 좋아. 살짝 아날로그 느낌도 나서 괜한 감성에 빠져들기도 하고 말이지. 좋아하는 여행서나 에세이를 읽을 때는 형광펜을 이용해. 눈에 쏙쏙 들어오는 좋은 글귀를 마음에 콕콕 담아 두는 데는 형광펜만 한 게 없는 것 같거든. 나처럼 자기가 좋아하는 필기도구를 책의 종류마다 다르게 골라 봐. 그렇게 밑줄을 그어 가며 읽으면 깊이 있고 집중력 돋는 책 읽기에 큰 도움이 될 거야.

## 달밤 체조

책 읽느라 눈이 좀 피로하진 않아? 평소에도 스마트폰 보느라 쉴 틈이 없잖아. 우리, 간단한 동작으로 눈 건강을 지키자고.

❶ 시선을 오른쪽에 고정하고 숫자 세기.

❷ 시선을 왼쪽에 고정하고 숫자 세기.

❸ 위쪽을 바라보며 숫자 세기.

❹ 아래쪽을 바라보며 숫자 세기.

❺ 집게손가락으로 눈 주위를 지그시 누르며 안쪽에서 바깥으로 나선 그리듯 눌러 주기.

❻ 집게와 중지, 약지 세 손가락으로 눈꺼풀 위를 가볍게 3초간 누르기.

개교기념일 D-1

# 우리 앞에 놓인 양푼 비빔밥처럼

살다 보면 여러 가지 성격의 친구들을 만나게 돼. 그 속에서 나와 맞는 사람이 있고 싫은 사람도 있고, 그냥 아무 이유 없이 친해지기 어색한 사람도 있을 거야. 나도 그랬어. 나는 학기 초에 친해진 친구들하고만 어울려 다니다 보니 친구들을 사귀는 데 편식이 심했지. 특히나 키가 작았던 나는 열등감 때문은 아니었지만 키 큰 친구들과는 거의 친해지질 못했어. 공기의 차이였던 걸까, 아니면 생활 공간의 거리(나는 앞자리, 그 친구들은 뒷자리)가 심리적인 거리로 이어진 걸까. 어쨌든 나는 끼리끼리의 삶을 지향하기로 했어. 발음도 착착 입에 달라붙잖아. 끼리끼리.

끼리끼리 형태의 친구들이 모여 있던 반. 왠지 하나로 합쳐지지 않은 느낌이었지. 같은 반인데 다른 반 같은 느낌.

어느 날 담임 선생님은 돌아오는 개교기념일에 갑자기 학교에 나오라고 하셨어. 이구동성으로 불만이 터져 나왔지. 황금 같은 휴일에 학교를 나오라니. 그런데 그 이유는 바로 단.합.대.회.

놀고 먹고 즐기자는 취지라며 선생님은 우리를 꼬드기셨지. 단합 대회는 TV에서 본 것처럼 회사 다니는 아저씨들이 이마에다 넥타이 묶고 신나게 놀면서 하는 건 줄 알았는데, 왠지 신선하고 좀 호기심이 생겼어.

선생님은 단합 대회 때 함께할 모둠을 직접 만들어 주셨어. 솔직히 친한 친구들이랑 같은 조가 되어서 놀고 싶었어. 그런데 그러면 소외되는 친구들도 있고, 결국 평소와 다름이 없는 거잖아. 그런 점을 우려해서 그랬는지 선생님은 재미있는 친구들도 모둠별로 골고루 넣고, 또 조용해서 존재감 없는 친구들도 여러 모둠에 골고루 배치해 주셨지.

처음에는 어색하기 그지없었어. 개학식 날이 생각나더라고. 그렇지만 전혀 낯선 얼굴도 아니요, 어쨌든 늘 같은 교실에서 생활한 친구들이어서 그런 어색함은 금세 사라졌어.

선생님은 불을 이용하지 않고 안전하게 먹을 수 있는 점심을 각 모둠별로 준비해 올 것을 제안하셨어. 우리 모둠은 가장 간단하면서도 한국적이고, 맛있게 뚝딱 한 끼 해결할 수 있는 비빔밥을 준비했지. 나는 김과 고추장과 참기름, 그리고 양푼을 준비하는 중책(?)을 맡았어. 다른 친구는 밥을, 또 다른 친구는 계란 프라이를 준비해 왔지. 어떤 친구는 집에 있는 밑반찬을 가져오고, 또 어떤 친구는 김치를 가져오고 말이야.

아침부터 만나서 피구 팀과 발야구 팀을 나누어 발바닥에 땀이 나도록 신나게 운동을 했어. 친한 친구들하고만 어울리다가 서먹했던 친구들과 운동을 하려니 그것도 처음에는 어색하더라. 그런데 역시 운동은 어떤 편견도 없이 친구들과 함께 즐길 수 있는 놀이라는 게 증명되었지.

경기가 끝난 뒤에는 모둠별로 돗자리를 깔고 삼삼오오 모여 앉아 점심을 먹었어. 양푼에다가 밥 넣고 반찬 넣고 고추장 넣고 고소한 참기름 뿌리고 김을 부숴 넣고 '셰이킷 셰이킷!' 우리는 그동안 언제 서먹한 적이 있었냐는 듯 양푼 비빔밥을 먹으며 이야기를 나누었어. 밥을 먹으며 싹트는 정이라는 게 참 무서운 거야.

사실 우리가 학교생활에서 대화를 나눌 만한 유일한 시간이 바로 밥 먹는 시간이잖아. 밥을 먹으며 시시콜콜한 이야기를 나누면서 진정 친구들과 함께하는 시간을 보내는 거고. 결국 학교생활에서 공부만큼 중요한 게 밥을 함께 먹는 점심시간이라는 결론이 나오는 거지.

단합 대회 날도 마찬가지였어. 밥을 한 숟가락씩 입에 넣으면서 선생님 이야기, 서로의 이야기, 아까 운동한 이야기 등을 나누다 보니 전에는 미처 느끼지 못했던 새로운 감정이 들더라고. 평소에 잘 몰랐던 친구들과 이야기를 나누면서 우리는 마치 우리 앞에 놓인 양푼 비빔밥 같아졌어. 잘 섞이고 있었거든. 함께 어우러져 더 끌리는 맛을 내고 있었어.

사촌 동생들 보면 유치원에 다니는 아이들도 좋아하는 친구 무리를 만들고, 좋아하는 친구들에게만 생일 초대장을 주는 일이 아주 빈번하더라. 어린데도 벌써부터 친구 사귀는 데 편식이 생기는 거지. 나도 그런 편식이 심해서 친한 친구들하고만 어울렸어.

그런데 단합 대회 때 운동을 하면서 몸으로 부딪히고 또 같이 밥 먹으면서 이야기를 나누다 보니까 내가 별로 좋아하지 않았던 친구의 모습은 내 선입견일 뿐이었다는 것을 깨달았어. 그리고 단 하루에 불과한 시간이었는데도 함께 즐기고 신나게 뛰어놀다 보니 친하게 지내는 친구들과 별로 다르지 않다는 것도 알았어. 선생님이 제안하신 단합 대회는 친구들과 즐거운 학창 시절을 보내게 하는 신의 한 수였던 거야. 그 무렵 왕따 문제 같은 학교 폭력이 꽤 많았는데도 단합 대회 덕분이었는지 우리 반에서는 그런 사건 사고가 없었거든.

친구들과 함께 즐거운 학창 시절의 추억거리를 만들고 싶다면, 왕따 없는 우리 반을 만들기 위해 나부터라도 먼저 나서고 싶다면, 내가 선입견을 품은 친구가 있어서 그 친구를 자꾸 피하고 싶다면, 휴일이라고 엄마가 등 떠밀며 학원 보충 수업에 보내려는 촉이 온다면, 돌아오는 개교기념일 전에 선생님께 건의해 보지 않을래?

"선생님, 우리 단합 대회 해요."

# 만화책 읽기

개교기념일은 우리의 일상에서 한 박자 쉬어 가는 시간이야. 그날에는 친구들과 만나서 놀 수 있을 테고, 영화를 볼 수 있을 테고, 선생님 계획대로 단합 대회를 할 수도 있지. 이렇게 내일에 대한 부담이 없는 날 스트레스를 털어 버리고 한 박자 쉬어 가기에 좋은 게 있어서 하나 추천하려고 해. 바로 만화책 릴레이 독서.

나는 어릴 때부터 만화책 읽는 걸 무지 좋아했어. 초밥으로 우주를 평정하는 이야기부터 이 책에는 모든 인생이 담겨 있다는 명언을 남긴 『원피스』, 그리고 눈물 콧물 다 뽑으며 감성을 건드려 놓던 숱한 순정 만화들. 한번 손에 잡으면 놓을 줄 몰랐지. 30권으로 완결된 어떤 순정 만화는 밤을 새워 가며 읽은 적도 있어. 재미있고, 읽다 보면 집중해서 잡생각이 많이 사라지고, 스트레스까지 날려 버릴 수 있어서 우리 일상에서 휴식처로 이만한 게 없다는 나만의 지론.

만화책 볼 때는 나만의 원칙이 있지. 나는 완결된 작품만 봐. 미완결 작품은 중간에 내용이 끊어져서 감동과 재미가 반감되는 것은 물론이요, 찔끔찔끔 이어서 봐야 되니 학업에 방해가 될 수 있거든. 그러니 10권이면 10권, 6권이면 6권, 20권이면 20권, 완결된 만화책을 하루 날 잡아 읽으며 스트레스를 푸는 걸로 원칙을 정해 두면 좋아. 깔끔하게 하루 안에 만화책

이 주는 즐거움을 실컷 맛보는 걸로. 그 하루의 휴식만으로도 일상을 열심히 살아가는 에너지를 충분히 보충할 수 있을 거야.

## 달밤 체조

왠지 내일은 몸도 마음도 충만한 기분을 느끼는 하루가 될 것 같아.
간단히 몸을 풀면서 최적의 컨디션을 만들자!

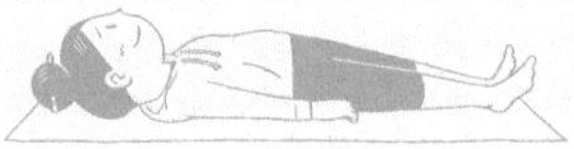

❶ 팔다리를 곧게 펴고 바닥에 눕기.

❷ 왼쪽 무릎을 굽히고 양손으로 잡아 가슴까지 당기기.

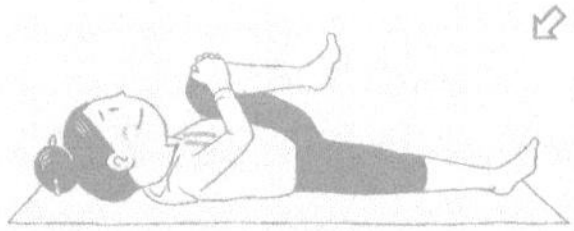

❸ 오른쪽 다리도 같은 방법으로, 번갈아 반복하기.

체육 대회 D-1

# 광합성 즐기며 일상의 탈출구 찾기

초등학교 때 운동회에서 기억나는 게 딱 하나 있어. 정말 커다란 박을 장대에 매달아 놓고 청군과 백군이 자기편 박에 콩 주머니를 던져서 먼저 박을 터뜨리는 편이 이기는 경기였지. 요즘에는 체육 대회 때 박 터뜨리기를 하는 학교가 별로 없지만, 그때만 해도 체육 대회의 꽃이라 하면 계주보다 박 터뜨리기를 내세울 정도였어. 그래서 보통 체육 대회 마지막에 피날레처럼 행해졌지. 친구들은 힘차게 박을 향해 콩 주머니를 던지고, 박이 터지면 그 안에서 반짝반짝 은박 금박 종이들이 쏟아지면서 '수고했어요.' '파이팅' 같은 문구가 적힌 현수막이 튀어나왔어.

그러면 다들 박수를 치고 환호하며 운동회를 마무리했지.

중학교에 입학해서 처음 맞이한 체육 대회는 좀 달랐어. 피구, 축구, 발야구 같은 경기를 하는 것은 비슷하지만 체육 대회의 시작을 각 반의 가장행렬로 시작한다는 것과 체육 대회 내내 서로 지지 않을 만큼 활기찬 응원 경쟁을 한다는 게 말이야.

사실 경기와 가장행렬에 응원까지 모두 잘 해내기에는 충분히 준비할 시간 여유가 없어서 참 버거웠는데 우리는 아주 다행히도 선택과 집중을 자연스럽게 할 수 있게 되었어. 같은 학년에서 시험 성적으로는 1등을 달리던 우리 반이 체육은 꼴찌였었거든. 이토록 공평한 세상이라니, 얼마나 좋아. 피구, 발야구 등 모든 종목 예선에서 깔끔하게 떨어진 덕에 선택해야 할 고민 따위는 하지 않아도 된 거야. 그래서 우리 반은 가장행렬과 응원에 집중할 수 있게 되었던 거지.

가장행렬은 그 반의 개성을 오롯이 나타낼 수 있게 하는 게 핵심이야. 친구들과 회의할 때 아주 다양한 의견이 나왔어. 농촌 아줌마들처럼 입장하자, 세일러문 복장은 어떠냐, 새마을 운동 티셔츠에 몸빼를 입자 등등. 그때 누가 뒤에서 외쳤지.

"우리가 지금 가장 보여 주고 싶은 모습, 내가 되고 싶은 모습을 보여 주는 게 어때?"

평소에 큰 소리를 내지 않던 조용한 친구였어.

"우리가 가장 하고 싶은 게 뭘까?"라고 반장이 묻자 여기저기서 대답이 터져 나왔어.

"공부 안 하는 거."

"노는 거."

"일탈."

우리 마음속에는 언제나 지금 상황에서 벗어나고 싶은 욕망이 꿈틀대고 있었던 거지. 하고 싶은 것도 많지만 하지 말아야 할 것 또한 너무 많은 나이의 우리. 선생님들은 가장 모범 반이라고, 수업 태도가 좋다고 칭찬했지만 정작 우리 마음속에는 현실에 대한 불만이 늘 가득했던 거였어. 그래서 내가 외쳤지.

"그래, 그럼 우리 날라리로 변신해 보자!"

우리는 각자 가장 해 보고 싶은 모습을 연출해 보기로 했지. 나는 다른 학교 친구에게 '외출용 교복'을 빌렸어. 외출용 교복이란 치마는 짧고 타이트하게 박음질하고 블라우스는 터질 듯이 조여서 몸매를 그대로 드러내는 교복을 말해. 거기에 8센티미터 굽의 하이힐, 머리 스타일은 당시에 엄청 유행한 깻잎머리. 앞머리를 한쪽으로 깻잎처럼 내려 실핀으로 고정하고 짧은 단발머리는 고데로 말아 뻗치게 한 머리 말이야. 머릿속으로 그려 봐. 어떤 것 같아? 그때 사진을 지금 보면 촌년도 그런 촌년이 따로 없어. 하지만 그때는 그저 하지 말라는 걸 하는 게 가장 좋았던 거야.

체육 대회 날, 아침부터 다른 반은 경기 준비하느라 바빴지만 우리 반에서는 미용실 놀이가 한창이었어. 서로 화장해 주고 머리 매만져 주고 스타일 코치까지. 그리하여 드디어 저마다 개성이 그대로 묻어나는 '일진 언니들' 탄생.

정말 재미있는 건 공부만 하던 모범생 애들이 소품이며 의상을 잔뜩 가져와서 가장행렬을 더 열심히 준비하더라는 것. 그리고 제일 파격적으로 변신하더라는 것. 그 친구들의 억눌림이 고스란히 표현되는 순간이었지. 모범생이라는 친구들도 현실에서 벗어나고 싶은 욕망이 그만큼 컸던 거야.

나 또한 마찬가지였지. 거울을 보고 또 봤어. 새로운 내 모습이 신기하고 재미있고 다른 사람으로 태어난 듯한 느낌이 들어서 만족감도 생기더라고. 남들이 하라는 대로 하지 않아도 된다는 데서 쾌감을 느꼈고, '숏다리 콤플렉스'에서 벗어나고 싶은 욕망을 반영한 하이힐을 또각거리며 걸었지.

우리 반 가장행렬은 전교생에게 많은 호응과 찬사를 받았어.

삐딱하게 서서 껌 씹는 모습을 보여 준 친구도 있고, 컬러 스프레이를 뿌려 일시적으로 머리를 노랗게 염색한 친구도 있었지. 몇몇 친구는 급 흥분해서, 메고 있던 가방에서 책을 끄집어내는 퍼포먼스를 하기도 했어. 팍팍한 현실에서 벗어나고 싶었던 모두의 욕망이 반영된 가장행렬을 보며 그런 욕망을 향한 마음속 환호를 밖으로 표현한 게 아니었을까 생각해.

체육 대회는 단순히 누가 운동을 잘하나, 어느 반이 이기나 겨루는 날이라기보다는 우리에게 일상의 탈출구를 만들어 주는 시간이 아닐까? 그래서 무언가 잘하기보다 최선을 다해 그 시간을 즐기고 그 과정의 소중함을 알면 더 좋을 것 같아. 책상과 의자를 떠나 꽤 오랫동안 광합성의 시간이 이어지잖아.

공부 생각 따위는 날려 버리고, 어색해하지 말고 친구들과 함께 즐겨 보자고. 목이 쉬도록 응원도 해 보고, 가장행렬처럼 직접 참여할 수 있는 행사가 있으면 적극적으로 행동하면서 말이야. 그렇게 스트레스도 풀다 보면 일상에서 다시 '아자아자!' 할 힘이 생기지 않을까?

# 어디에나 어울리는 춤사위 연습하기

관중석에 앉아 친구들과 열심히 응원할 때였어. 앞에서 응원을 이끌어 가던 친구가 계주에 출전할 순서가 됐다며 나에게 노래가 적힌 스케치북을 던져 주더라고. 자기 대신 응원을 이끌라고 부탁한 뒤 유유히 사라져 버렸지. 나는 스텝보다 손과 마음만이 앞서는 약간의 박치끼(?)의 소유자였어. 그런 탓에 앞에 나가서 율동도 아니고 춤도 아닌 희한한 움직임으로 친구들의 주목을 받게 됐지. 평소 춤과는 영 거리가 멀었으니까 쭈뼛거릴 수밖에.

그런데 다른 친구들을 살펴보니 어느 노래에나 어울릴 만한 몇 가지 간단한 동작만으로 분위기를 이끌어 간다는 걸 알게 됐어. 단순하더라도 리듬을 타면서 동작을 할 수 있으면 좋겠다는 생각이 드는 거야. 언제 우리에게 닥칠지 모를 응원 단장의 역할을 제대로 해내기 위한 미션, 바로 어디에나 잘 어울리는 춤사위를 연습하는 거야.

내가 해 본 결과 가장 따라 하기 좋은 춤은 시크릿의 '별빛달빛'. 귀여우면서도 포인트를 준 동작이 많아서 써먹기가 쉽더라고. 어렵지도 않아서 나 같은 박치에게도 희망을 안겨 주는 춤사위야. 거울 보면서 연습하면 금방 익힐 수 있는 동작이 대부분이니까 몇 가지 동작은 외워 가자고.

## 달밤 체조

앞서 말한 시크릿의 '별빛달빛' 핵심 동작을 반복해 보자. 인터넷에 찾아보면 안무 영상이 많이 나올 거야. 내일 체육 대회의 주인공은 '나야, 나!'라는 자신감을 갖고 댄스 도전!

수능 D-1

# 좋은 대학 가면 행복할까?

문제 하나 내 볼게. 그냥 머릿속에 떠오르는 대로 대답해 봐.

"우리는 세상의 모든 사람을 존중해야 하는가?"

학교 교과서에서 배운 대로라면 모든 사람은 평등하고 존중받을 가치가 있다고 생각하는 친구들이 있을 거야. 그런데 잘 생각해 보면, 요즘 인간으로서 절대 하지 말아야 할 엄청난 범죄를 저지르는 흉악범도 많잖아. 그런데 그런 사람들까지 존중해 줘야 할까? 그건 또 아닌 것 같아서 고개가 가로저어져. 그런 사람들에게 과연 존중이라는 단어가 가당키나 할까?

그럼 이 질문은 어때?

"폭력은 어떤 상황에서도 정당화할 수 없는가?"

생각은 점점 더 미궁 속으로 흘러가지. 맨날 1번부터 5번 사이에서 찍기만 하다가 뭔가를 조리 있게 설명해야 하니 당황했을 수도 있어. 그렇지만 아예 노답인 건 아니야. 우리 생각이 머릿속에서 조그만 알갱이처럼 막 굴러다니고 있을 거야. 그게 논리적으로 잘 조합되지 않는 게 문제이긴 하지만.

위의 질문들은 프랑스의 대입 시험인 바칼로레아에 실제로 출제된 문제래. 말하자면 우리나라의 대학 수학 능력 시험과 비슷한 건데, 보다시피 우리나라와 달리 꽤 철학적이면서도 깊이 있는 문제가 나오지. 우리는 사실 국·영·수·사·과 과목을 나누어 객관식으로 정답 골라서 시험 치르고 등급을 매기잖아. 그런데 프랑스에서는 우리가 살아가면서 겪을 수 있는 여러 가지 문제를 좀 더 깊이 생각하고 자신의 생각을 논리적으로 전개해 나가는 능력을 본다는 거지. 그 바탕에는 독서라든지 토론을 통해서 길러진 사유가 기본적으로 깔려 있을 테고.

어떻게 보면 참 부럽지 않아? 정답 없는 시험을 치르는 나라라니. 완전 이상적이지. 더구나 이 시험은 공식을 외우지 않아도 되고, 그 끔찍한 영어 듣기 평가를 하지 않아도 되고, 길고도

긴 문학 지문을 1~2분 안에 핵심까지 모두 파악해 내지 않아도 돼. 평소 책을 다양하게 읽고 친구들과 토론하면서 자연스럽게 계발할 수 있는 거니까. 뭐 그렇다고. 내가 프랑스에서 살 것도 아니고, 그냥 부럽다고.

내가 중학교 2학년 때 우리 오빠가 고3이었어. 내가 중학교 3학년 때는 재수생이었고. 그리고 내가 고등학교 1학년 때 우리 오빠는 삼수생이었지. 공부를 아주 잘해서 의대를 목표로 했는데, 첫해에는 항상 만점 받던 수학에서 네 문제인가 틀렸어. 그러니 아깝잖아. 재수 콜! 두 번째 해에는 수학은 만점 받았는데 영어 듣기에서 멘탈이 흔들렸나 봐. 또 아깝잖아. 삼수 콜! 세 번째 해에는 수학도 잘 보고 영어도 잘 봤는데 언어 영역에서 미끌. 결국 의대에 합격하기는 했지만, 부모님과 오빠 모두가 원하던 대학은 아니었어. 네 시험 운인가 보다 하며 엄마 아빠는 네 갈 길 가라며 오빠를 놓아주셨지.

지금이야 지난 일이니 웃으며 이야기하지만, 수능 날마다 우리 집 분위기가 어땠겠어. 쉬는 날이라고 룰루랄라 친구들과 놀러 다니다간 등짝 맞을 날이었지. 뉴스에 나오는 아줌마들처럼 오빠가 시험 치르는 학교 교문에 엿이라도 붙이고, 종교는 없지만 어떤 신께든 기도하고 있어야 할 것 같은 그런 분위기.

그런데 재수하는 것도 전염되나 봐. 나도 정확히 세 번 수능을 봤어. 그리고 부모님은 오빠를 보내 준 것처럼 내 한계를 인정하고는 나를 놓아주셨어. 그래서인지 나는 지금도 수능 날만 되면 마치 내가 수능 시험장에 들어간 기분이야. 초콜릿 입에 넣고 긴장을 풀고 '나무아미타불 관세음보살'이라도 중얼거려야 마음의 평화를 얻을 것만 같은 느낌이 드는 거지. 이것 봐. 생각만 해도 벌써 떨려.

그때는 수능 점수가 내 모든 삶을 좌지우지할 것만 같았는데, 이제는 그렇지 않다는 사실을 깨달았어. 어릴 때부터 우리는 좋은 대학에 가야 좋은 직장을 얻고 행복해질 수 있다는 말을 듣고 자라잖아. 그런데 주변 어른들을 한번 둘러봐. 좋은 대학 나오고 남들이 부러워하는 직업을 가진 사람들도 "그래도 그때가 좋을 때다."라며 시험지옥 속에서 살아가는 우리를 부러워해.

반면에 좋은 대학은 나오지 못했지만 자신이 정말 좋아하는 일을 하면서 행복하게 사는 사람들이 요즘은 더 많이 주목받지. 한동안은 '셰프의 시대'가 왔다고 해도 과언이 아닐 정도로 요리사라는 직업에 관심이 높았어. 어릴 때부터 요리에 관심을 두

HIP
D-1

고 밑바닥부터 차근차근 힘겨운 과정을 밟아 온 사람들이 그들이야. 요즘은 "저는 랩을 할 때 행복을 느껴요. 사람들에게 감동을 주는 멋진 래퍼가 될 거예요."라며 래퍼의 꿈을 내비치는 친구들도 꽤 많지. 그러면 어른들은 뭐라고 해? "쯧, 겉멋만 들어가지고."라면서 그 꿈을 무시하잖아.

잘 생각해 봐. 셰프나 래퍼들은 정말 그 일을 좋아해서 어릴 때부터 스스로 목표를 정하고 끝까지 열심히 노력해서 자기 길을 찾은 사람들이야. 책상에 엉덩이 붙이고 앉아서 수학 문제 잘 풀고 영어 단어 잘 외우던 사람들은 아니거든. 하지만 삶의 목표가 분명하고, 그래서 꿈꾸던 일을 하며 살고, 지금도 자기가 하는 일에 자부심이 높아. 자기가 좋아하고 행복한 일을 하거든.

그러니까 앞으로 올 시대는 앉아서 공부만 잘한다고 꽃길을 걸을 수 있는 시대는 아니라는 거지. 어떤 직업이 유망 직업이 될지는 아무도 몰라. 그렇지만 자기가 진정 좋아하고 행복한 일을 하며 살다 보면 더 잘하게 되고, 자기 삶에 만족하는 그런 일상을 보낼 수 있지 않을까?

우리가 앞으로 살아갈 세상은 프랑스의 바칼로레아처럼 정답이 없는 문제가 더 많은 곳이야. 특히 진로와 관련해서는 개인마다 성향이 다르기 때문에 어느 누구도 정답을 확신할 수 없고 그 답에 등급을 매길 수도 없지. 어떤 학과로 진학해야 내가 좀 더 행복한 삶을 살 수 있을지, 어떤 일을 하면 즐거운지 그 답을 가장 잘 아는 사람은 바로 나거든.

나는 우리가 수능 등급에 쩔쩔매고 합격과 불합격에 목맬 것이 아니라 미래에 나만의 중심을 잡기 위한 고민이 필요하다고 생각해. 내가 무엇을 좋아하는지, 내가 무엇을 잘할 수 있는지, 나는 왜 대학에 가려고 하는지 등에 대한 고민 말이야. 충분한 고민은 나를 견고하게 성장하게 하는 밑거름이 될 거야. 지금 내가 살아가고 있는 일상에서 동기를 부여할 거고.

그러니 아직 오지도 않은 수능에 대한 두려움은 떨쳐 버리고 나에 대해 진지하게 고민하는 날로, 나에게 깊이 있는 질문을 던지는 날로 정해 보자. 조금 복잡했던 이런저런 생각을 정리하다 보면 흐릿했던 내 미래의 모습이 조금 더 선명하게 다가오지 않을까?

# 대학 캠퍼스 투어

꿈은 구체적이고 현실적일수록 이루어질 가능성이 높아. 생생하게 꿈 꿀수록 목표를 달성하려는 의지가 높아지고 효과적인 동기 부여가 되니까 말이야. 그래서 수능 날을 앞두고 뭔가 새로운 마음과 의지를 다지기 위해 자기가 목표로 하는 대학 캠퍼스에 가서 마치 꿈이 이루어진 듯 상상하며 둘러보는 것을 추천해. 많은 대학에서 '캠퍼스 견학 투어 프로그램'을 운영하거든. 체계적인 대학 탐방으로 학교의 특징이나 역사를 배울 수 있어서 좋지.

내 첫 대학교 견학은 고등학교 선배 언니의 학교였어. 그 학교와 학과에 관심이 많다고 하자 나를 그 학교에 데려갔지. 마침 축제가 열리고 있어서 대학 축제의 현장을 보고야 말았지. '기-승-전-대학생'의 욕망이 불타올랐어. 두 번째는 우리 오빠가 다니는 학교였지. 오빠네 학교 밴드부 공연에 나를 초대해 줬어. 그때 결심했지. '대학교 들어가면 동아리는 바로 저거다. 동아리에 들어가기 위해 나는 대학에 들어가야겠다.' 세 번째는 캠퍼스 투어를 신청한 고려대였어. 고려대학교 재학생 홍보 대사 언니 오빠들이 캠퍼스를 돌며 이것저것 설명해 주고 대학 도서관도 구경시켜 줬지. 대학교를 체계적으로 자세히 둘러보고 싶다면 각 학교의 견학 프로그램을 활용해 보는 게 훨씬 알차.

아직 목표 대학을 정하지 못해서 못 간다고? 당연하지. 나도 중학생 때는 대학교를 막연히 동경하기만 했어. 어른들이 하도 서울대, 연고대만 말하기에 서울에는 이 세 학교만 있는 줄 알았다니까. 그렇지만 어떤 대학이든 상관없이 대학 캠퍼스에 놀러 가는 것만으로도, 학교나 학과 관련 정보는 얻지 못한다 해도 대학생들의 낭만적인 생활에 대한 동경이 가득해져서 돌아올 거야. 대학생 언니 오빠들은 다 멋져 보였어. 대학생이 되면 나도 그렇게 될 것 같았지. 대학생 언니 오빠들은 걸음걸이마저 여유 있어 보였는데, 그게 그렇게 부러웠어.

이렇게 스스로 무언가를 느끼게 되면 누가 왜 대학 가려고 하는지 물어볼 때 최소한 "엄마가 가라고 했어요."라는 최악의 답은 피할 수 있을 것 같아. 그리고 대학 생활을 향한 무한한 동경이 생기면서 진짜 동기가 부여되지 않을까? 그 동기 부여는 꽤 오랜 시간 효과 만점이더라고.

한창 수업이 진행 중인 강의실 문을 몰래 열고 들여다보았을 때의 그 쫄깃한 긴장감. 밴드 동아리의 멋진 공연을 보고 난 뒤에 품은, 대학생이 누리는 자유에 대한 무한한 동경. 캠퍼스 벤치에 앉아 대학생들의 여유로운 모습을 바라보며 느낀 그 설렘. 모두 기억 속에 좋은 느낌으로 깊이 자리 잡았어. 대학생이 되고자 하는 동기를 부여하는 데 최고 명약인 캠퍼스 투어. 우리 함께 떠나 보지 않을래?

# 달밤 체조

대학 캠퍼스를 구경하는 김에 광 좀 내고 가지, 뭐. 일상에 찌든 내 미모가 모처럼 빛 좀 발하도록 말이야. 오늘은 턱선이 갸름해 보이는 마사지를 알려 줄게.

❶ 머리에 힘 빼고 고개를 옆으로 돌리며 스트레칭하기.

❷ 귀 앞과 뒤쪽에 움푹 파인 분위를 검지와 중지로 지압해서 뭉친 근육 풀어 주기.

❸ 주먹을 쥔 상태에서 관절 부위에 대고 턱에서 귀밑까지 끌어올리듯 마사지하기.

❹ 양 검지와 중지를 턱관절에 대고 위에서 아래로 원을 그리기.

❺ 다시 고개를 뒤로 젖혀 스트레칭하기.

❻ 오른손 검지는 쇄골 중앙에, 왼손 엄지는 턱 밑에 대고, 턱을 위쪽으로 밀어 올리기.

종업식 D-1

# 끝날 때까지 끝난 게 아니다

마치다, 마무리, 끝내다처럼 '마지막'과 관련된 말들 앞에서 나는 숙연해지기도 하고 조금은 가라앉는 기분이 들어. 아무래도 '마지막'이라는 단어에 내포된 '이별'이라는 슬픈 느낌 때문일지 모르겠지만.

정든 친구들과 교실과 선생님과 헤어지는 종업식 날에는 그 슬픔과 서운함이 더했던 것 같아. 내년이면 또 복도에서 만나 신나게 깔깔댈 친구들인데도 말이야. 이런 마지막을 계속 반복해서 겪으면서 헤어지는 슬픔에 무뎌지는 어른이 되어 가는 거라는 생각이 들면, 가끔은 어른이 되고 싶다가도 그냥 현재에

머물고 싶어지더라. 참 이상하게도 말이지.

중학교 3학년 종업식 날. 그날은 여느 때와는 다른 느낌이었어. 모두 자기 진로에 따라 다른 고등학교로 진학하게 됐고, 그래서인지 마지막이라는 느낌이 더 절절하게 와 닿았기 때문이었지. 단발머리 중학생에서 두발 자유를 얻는 고등학생이 된다는 생각에 마음은 엄청 들떠 있었지만, 그보다 내 감성을 자극한 것은 정든 친구들과 다시는 같은 학교에서 만나지 못한다는 거였어. 나는 인문계고를 선택했는데 친한 친구들은 모두 특성화고를 지원해서 멀리 떨어지게 됐거든.

방학 보충 수업 때 땡땡이치고 친구 집에서 라면 끓여 먹다가 다음 날 교무실에 불려 가 4교시 내내 벌 받은 일, 공부 시간에 맨 뒤에 앉아서 내가 빌려 온 만화책 돌려 보다가 다 같이 남아서 화장실 청소한 일, 두발 검사 때 염색한 거 안 걸리려고 전날 문방구에서 먹지 사서 머리에 비비다가 그 현장을 들킨 일, 친구들과 함께 외출용 교복을 만들어 입고 다니다가 퇴근하는 선생님한테 딱 걸리는 바람에 길거리에서 엄청 혼난 일 등, 친구들과의 거친 추억이 유난히 많았던 다사다난한 한 해였어.

그러니 더 짠하고 찐득한 감정이 폭발하는 거야. 이렇게 생사

(라고 쓰고 '일탈'과 '처벌'이라 읽는다)를 함께한 친구들이니까 더 헤어지기 아쉬운 마음에 종업식 날 친구들 사이에서 혼자만 눈물과 콧물 범벅인 교가를 부르기 시작했어. 결국 우리 교실은 나 때문에 울음바다가 됐지, 뭐.

진짜 지독하다고 다들 혀를 내둘렀던 학생부 소속 담임 선생님과 헤어지는 날이기도 한 그날. '다시는 교무실 불려 갈 일은 없겠구나.' 안도의 한숨을 내쉬던 나와 달리 선생님과 관계가 좋지 않던 몇몇 친구들은 마지막이라는 생각이 강했기 때문이었을까, 그전보다 더 행동이 좋지 않았어. "이제 마지막이야!" 하며 책을 찢거나 교복을 집어 던지지는 않았지만, 선생님에게 비아냥거리고 인사도 제대로 하지 않는 등 예의를 차리지 않은 친구들이 있더라고. 솔직히 나도 워낙 많이 혼나고 불려 다녀서 한시바삐 벗어나고 싶었던 게 사실이야. 우리의 그런 모습을 그저 성장하는 과정이라고 봐주지 않고 그때그때 교무실로 불러 교무실 단골손님이 되게 한 그 선생님이 미운 적도 많았지.

하지만 잘 생각해 봐. 방과 후 땡땡이치고 도망간 것도 우리요, 하지 말라는 염색 하면서 들키지 않으려고 꼼수를 부린 것도 우리야. 선생님이 그 순간을 눈감아 주신다고 마냥 좋아하기만 할 일일까? 우리를 야단치고 혼내는 것도 관심의 일종이거든. 그냥 지나치는 건 관심이 없다는 의미일 수도 있으니까.

평생 마음속으로 누구를 미워하면 결국은 내 마음만 불편한 거잖아. 정말 오랫동안 누군가를 미워해 본 사람은 알 거야. 그 사람을 미워하면 속이 시원하고 그럴 것 같지만, 더 신경 쓰이고 더 마음이 좋지 않다는 것.

그러니까 졸업식 때 1년 동안의 학교생활에서 서운했던 일, 미워했던 감정까지 훌훌 털어 버리고 마음을 깨끗하게 비우는 거야. 그래야 정말 멋진 마무리가 되겠지.

관계의 끝을 잘 맺어야 한다는 것을 절절히 느낀 것은 불과 몇 달 뒤, 바로 고등학교 입학식 날이었어. 전근 오신 선생님들을 소개하잖아. 그때 어디서 많이 본 선생님이 저 멀리서 나를 바라보고 계셨지. 바로 중학교 3학년 때 담임 선생님이셨어. 같은 중학교를 졸업해서 그 선생님의 '크레이지 파워'를 익히 잘 아는 친구들은 웅성웅성. 그 명성이 옆 학교까지 뻗어 가서 그 옆 중학교를 졸업한 애들도 덩달아 웅성웅성. 사람들 사이 세 다리만 건너면 오바마 대통령도 지인이 된다더니만, 진짜 세상은 좁았고 우리의 인연은 질기고도 질겼지.

그때 깨달았어. 유종의 미(美)에 대해. 앞으로 어떤 일이 벌어질지는 아무도 모르는 거잖아. 그래서 누구와 헤어질 때 그 사람과의 관계를 잘 마무리하는 게 정말 중요하다는 점을 말이야. 끝맺음이 좋아야 새로운 것을 시작할 때도 그 끝맺음을 원동력 삼아 더 긍정적으로 발전할 수 있다는 점도. 그것이 관계든 학교생활이든 말이야.

머문 자리가 아름다운 사람이 되기를. 언제 어디서든 마무리가 가장 중요하다는 점을 잊지 말자고!

# 포토북 만들기

종업식은 단순하게는 한 해를 마치는 날이지만, 어찌 보면 1년간의 학교생활을 잘 마무리하는 날이라고 생각하면 좋을 것 같아. 시작도 중요하지만 끝맺음을 잘해야 하루가, 1년이 더 의미 있어지니까 말이야. 그래서 나는 그 1년이라는 시간을 흘려보내지 않고 추억할 수 있는 결과물을 만드는 것을 추천해. 바로 친구들과의 추억을 담은 포토북을 만드는 거지.

포토북이라고 하면 뭔가 복잡한 듯하지만, 그냥 간단한 일기장 같은 거라고 생각하면 돼. 다만 여기에는 친구들과 함께한 추억을 담은 사진이 필요하겠지. 좋은 사진들을 파일에 모은 뒤 인터넷에서 인화하기만 하면 끝. 그러고는 사진 앨범으로 쓸 노트를 사서 사진을 한 장 한 장 붙이고, 사진과 관련된 에피소드나 기억에 남는 이야기도 조금씩 써 넣고, 스티커로 꾸며 보기도 하고.

이렇게 하다 보면 1년의 추억이 스쳐 지나가면서 좋았던 일은 기억하고 나쁜 일은 담담하게 흘려보내는 나만의 시간을 보낼 수 있을 거야. 사진을 하나하나 붙이며 기념하는 의미도 좋지만, 이렇게 지난 1년의 시간을 되새겨 보고 혼자 생각하는 시간은 정신 건강에도 좋고 무엇보다 앞으로의 내 삶을 다시 한 번 고민해 보게 하는 것 같아.

여기서 팁 한 가지 더. 나는 종업식 때마다 친하게 지낸 친구들에게 작은 선물을 하곤 했어. 1년 동안 나와 함께 좋은 시간을 보내 줘서 고맙고, 한 학년 올라가서도 우정을 간직하자는 작은 쪽지와 함께. 그 쪽지를 받았던 친구들은 지금도 나에게 그 이야기를 가끔 해. 마음이 참 따뜻한 친구였다는 덕담과 함께.

그래서 말인데, 추억을 공유하고 싶은 친구가 있다면 그 친구에게 추억을 한 장 선물하는 건 어때? 친구와 찍은 사진을 인화해서 뒷면에 간단한 말을 남겨도 좋고, 함께했던 시간이 그대로 담긴 사진을 한 장 한 장 노트에 펼쳐 보면서 친구에게 건네고 싶은 말을 끼적거려도 좋고. 친구에게도 나에게도 잊지 못할, 이 세상에 단 하나뿐인 소중한 선물이 될 거야.

## 달밤 체조

잠자기 전, 따뜻한 물에 샤워를 하자. 머리 감으며 두피 마사지를 하면 훨씬 더 개운한 기분이 들 거야. 한 해 동안 수고 많았어. 오늘 좋은 꿈 꾸고, 굿나잇!

❶ 손끝으로 빗질하듯 정수리에서 아래로 쓸어내리기.

❷ 두피를 둥글게 매만지며 지압하기.

❸ 관자놀이에서 정수리까지 이마 라인을 따라 손끝으로 꾹꾹 눌러 주기.

❹ 손끝으로 두피를 살짝 건드려 주기.

숨 가쁘게 달려오다 보니 어느새 1년이 훌쩍 지나 버렸네. 처음에는 낯선 중학교 생활을 어떻게 해쳐 나가야 할지 많이 걱정했을 텐데, 지나고 보니 어때? 긍정적인 마음으로 조금 더 여유롭게, 조금 더 넓은 시각으로 일상을 바라본 덕분에 우리 여기까지 멋지게 왔잖아.

'중간'이란 그다지 좋은 느낌이 아닐 때가 많아. 가운데에 끼어 있는 느낌이니까. 주목받지도 못하고, 포용받지도 못하는 기분이거든. 그래서 중학생이라는 위치에 안정감을 느끼지 못할 수도 있지만, 이제 진짜 학생이라는 신분(?)에 발을 내딛는 '중'학생이기 때문에 더 많은 것을 경험하고 즐길 여유가 있다는 점을 잊지 마. 네 키도 훌쩍 자라고, 친구들과의 관계가 변하면서 생각이 복잡해지기도 하는 이 시기. 엄청난 변화가 시작되고, 너도 몰랐던 성향이나 취향이나 또 다른 잠재력이 폭발적으로 발전할 수 있는 아주 특별한 시기라는 점도 기억해.

미하이 칙센트미하이의 『몰입의 즐거움』이라는 책에 이런 구절이 나와.

> 삶의 질을 끌어올리려면 먼저 우리가 매일 하는 것을 세심하게 관찰하여 어떤 활동, 어떤 공간, 어떤 시간, 어떤 사람 옆에서 우리가 어떤 감정을 느끼는가를 포착해야 한다.

사실 번번이 경험하는 학교의 일상인데도 시험이든 체육 대회든 그 전날이 되면 걱정되기도 하고 두근거리기도 하고 여러 감정이 공존하잖아. 그럴 때마다 긴장하지 말고 내 스타일대로 그날들을 잘 보낼 수 있는 나만의 일상 레시피를 연구해 보면 어떨까? 우리의 일상을 찬찬히 뜯어보면서, 우리의 감정에 귀 기울이면서 말이야.

그러다 보면 우리가 놓쳐 버리는 일상을 조금 더 소중한 시간으로 받아들일 거고, 그런 시간이 쌓이면 삶의 질은 더욱 높아져 있겠지. 우리가 굳이 의식하지 않아도 신나고 즐거운 일상을 만날 수 있을 테고.

지금 이 시간, 새로운 시작을 향해 다시 달려 나가자. 내면의 나와 마주하면서 말이야. 매일매일 치르는 전쟁 같은 시간 속에서 우리의 멋진 새로운 출발을 위해 신나게 외쳐 볼까?

"Get, Set, Ready, Go!"

기대되는 내일을 위해,
파이팅!

# 중학생활 대작전 D-1

**초판 1쇄 펴낸날** 2018년 2월 27일
**초판 3쇄 펴낸날** 2023년 11월 29일

**지은이** 권희린
**펴낸이** 홍지연

**편집** 홍소연 이태화 차소영 서경민
**일러스트** 김수민
**디자인** 권수아 박태연 박해연 정든해
**마케팅** 강점원 최은 신종연 김가영 김동휘
**경영지원** 정상희 여주현

**펴낸곳** ㈜우리학교
**출판등록** 제313-2009-26호(2009년 1월 5일)
**제조국** 대한민국
**주소** 04029 서울시 마포구 동교로12안길 8
**전화** 02-6012-6094
**팩스** 02-6012-6092
**홈페이지** www.woorischool.co.kr
**이메일** woorischool@naver.com

ISBN 979-11-87050-53-7 43810

이 도서의 국립중앙도서관 출판예정도서목록(CIP)은 서지정보유통지원시스템 홈페이지(http://seoji.nl.go.kr)와 국가자료공동목록시스템(http://www.nl.go.kr/kolisnet)에서 이용하실 수 있습니다.(CIP제어번호: CIP2018005179)